Walter Wangerin

Der Lumpensammler

Walter Wangerin, jr.

Der Lumpensammler

und andere Erzählungen

BRUNNEN
VERLAG GIESSEN

ABCteam-Bücher erscheinen in folgenden Verlagen:
Aussaat Verlag Neukirchen-Vluyn
R. Brockhaus Verlag Wuppertal
Brunnen Verlag Gießen und Basel
Christliches Verlagshaus Stuttgart
(und Evangelischer Missionsverlag)
Oncken Verlag Wuppertal und Kassel

Titel der amerikanischen Originalausgabe:
„Ragman And Other Cries of Faith"
1984 by Walter Wangerin, jr.
Harper Row Publishers, Inc.,
10 East 53rd Street, New York, NY 10022

Aus dem Amerikanischen von
Christian Rendel
Lektorat: Brigitte Selchert

Die Deutsche Bibliothek – CIP-Einheitsaufnahme

Wangerin, Walter:
Der Lumpensammler und andere Erzählungen / Walter Wangerin.
[Aus dem Amerikan. von Christian Rendel]. –
Gießen : Brunnen-Verl., 1995
(ABC-Team ; 1057)
ISBN 3-7655-1057-2
NE: GT

Umschlagillustration: Gisela Scheer
Umschlaggestaltung: Ralf Simon
Herstellung: St.-Johannis-Druckerei, Lahr
ISBN 3-7655-1057-2

Inhalt

Statt eines Vorworts

Zu dir, Herr! Zu dir, Herr, Gott der Welten, wende ich mich. Und selbst, wenn ich nicht weiß, daß ich mich wende, wende ich mich zu dir.

Deine Spuren sind überall – und überall göttlich.

Wo könnte ich hinblicken und dich nicht sehen?

In mein Inneres?

Aber ich umgebe dich, der du mich von allen Seiten umgibst, denn ich bin Sünde, und du bist Vergebung, und ich kann nicht leben, es sei denn, durch dich.

Mein Leben selbst ist dein.

Nein, wenn ich mich selbst betrachte, sehe ich etwas, das du gemacht hast.

Wohin sonst könnte ich blicken und dich nicht sehen?

In die Stadt?

Heiß vor Feindseligkeit, kalt vor erstarrter Moral, die Stadt? Hektisch und müde! Küsse unter Hintertreppen; Lippen, die schlaff sind wie verwelkte Veilchen; und Kinder, die fluchen wie ihre Eltern; die Eltern gleichgültig; am Samstagabend auf Partys verschwendeter Reichtum, am Sonntagmorgen erschöpft; Autos und Lichter und Sirenen; Cremes, Rouges, Lacke, Duftwässerchen und Münzen – die Stadt? Wenn ich mich der Stadt zuwende, wende ich mich dann ab von dir?

Nein, Herr, denn du bist in der Stadt. In allen Angelegenheiten der Menschheit bist du gegenwärtig. Du hast dich nicht geschämt, von einer Frau geboren zu werden, Fleisch zu werden wie sie und ich, gepeinigt wie sie und ich von all den Wunden in diesem Fleisch. Du hast dich selbst entäußert, um in die Stadt zu kommen, und obwohl sie durch dein Kommen vielleicht nicht besser wird, bringt sie dich doch zum Weinen, und du bist dort. In den öligen Straßen, schwarz vom Regen und der Sünde der Menschen, beleuchtet von einer einzigen Lampe, sehe ich das Spiegelbild deines Gesichtes. O Gott, deine Inkarnation ist in den Straßen.

Ich sehe die Stadt, und ich kann nicht anders, als dich zu sehen. Und ich liebe dich.

Sie fragen mich: „Wen liebst du?" Und ich sage ihnen, daß ich dich liebe.

Sie fragen: „Aber *wen* liebst du?" Ich deute auf die Stadt.
Sie beharren: „Aber *wen* liebst du?"

Und weil sie selbst dich nicht sehen können, tue ich das Zweitbeste: Ich erzählte ihnen Geschichten. Ich erzählte ihnen tausend Geschichten, Herr. Denn die Stadt ist voller Leben, und du bist darin lebendig, immerzu; und wo Leben ist, da ist eine Geschichte. Ich erzähle ihnen von dir, indem ich ihnen die Geschichte erzähle.

Manche der Geschichten erfinde ich selbst, und ich bitte dich um Geduld mit meiner armseligen Phantasie und bete, es möge vor dir recht sein, deine Wahrheit in etwas Erdachtes zu hüllen. Andere jedoch sind mir durch deine Gnade wahrhaftig passiert; und ich hoffe, die Leute merken, daß dank deiner Allgegenwart das Meine auch ihnen gehört. Überzeuge sie von deiner Liebe, o Herr. Und ich gebrauche die Formen, die sie verstehen: Drama, Dichtung und Essay, Fabel, Briefe, Erinnerungen. Jede Form, durch die Worte zu einem Ausruf des einen Wortes werden können. Und ich mache ein Buch daraus, damit die Stadt es tief in sich aufnehmen kann – heim, heim bis in ihr Herz.

Denn ich liebe dich, und ich liebe auch sie. Doch deine Liebe ist mächtiger, und ich wünschte, sie wüßten es. Oh! Ich wünschte, sie könnten laut lachen über das Wissen, wie sehr du sie liebst. So wende ich mich zu dir, hier am Anfang:

Gib ihnen Augen, du strahlender Gott, damit sie dich überall sehen. Sie sind die Stadt: damit sie dich in sich selbst sehen! Gib ihnen Ohren, du rollender Donner, und ein Gespür für deine Gegenwart – in diesem Buch, weil ich dich liebe, in den Straßen, weil du beschlossen hast, sie zu lieben.

Und weil ich gewiß bin, daß du ein treues Gebet treu erhörst: *Gratias tibi Domine.*

Erster Teil: Der Christus Gottes

Der Lumpensammler

Ich habe etwas Seltsames gesehen. Ich bin über eine sehr seltsame Geschichte gestolpert, über etwas, auf das mein Leben, meine Gewitztheit, meine verschlagene Zunge mich nicht vorbereitet hatten.

Still, Kind. Still jetzt, und ich werde es dir erzählen.

An einem Freitagmorgen, noch vor der Dämmerung, bemerkte ich einen gutaussehenden, starken jungen Mann, der durch die Straßen unserer Stadt ging. Er zog einen alten Karren voller bunter neuer Kleider und rief mit klarer heller Stimme: „Lumpen!" Ah, beim Klang dieser süßen Musik schmeckte die Luft faulig, und das erste Morgenlicht schimmerte trüb.

„Lumpen! Neue Lumpen für eure alten! Ich nehme eure zerschlissenen Lumpen! Lumpen!"

„Wie seltsam", dachte ich, denn der Mann war einen Meter neunzig groß, und seine Arme waren wie Äste, hart und muskulös, und seine Augen leuchteten wach und klug. Konnte er keine bessere Arbeit finden, daß er als Lumpensammler durch die Innenstadt ziehen mußte?

Ich folgte ihm. Meine Neugier trieb mich an. Und ich wurde nicht enttäuscht.

Bald sah der Lumpensammler eine Frau auf ihrer Hintertreppe sitzen. Sie schluchzte in ihr Taschentuch, seufzte und vergoß tausend Tränen. Ihre Knie und Ellbogen bildeten ein trauriges X. Ihre Schultern zitterten. Ich sah, daß ihr das Herz brach.

Der Lumpensammler hielt seinen Karren an. Leise stieg er über Blechdosen, zerbrochene Spielzeuge und Windeln auf die Frau zu.

„Gib mir deinen Lumpen", sagte er sanft, „und ich werde dir ein neues Tuch geben."

Er zupfte ihr das Taschentuch von den Augen weg. Sie blickte auf, und er legte ihr ein leinenes Tuch auf die Hand, so rein und neu, daß es leuchtete. Sie blinzelte und sah von der Gabe zu dem Geber auf.

Dann, als er wieder seinen Karren zu ziehen begann, machte der Lumpensammler etwas Merkwürdiges: Er legte sich ihr verschmiertes Taschentuch vor sein Gesicht. Und dann begann er zu weinen und mit bebenden Schultern ebenso bekümmert zu schluchzen, wie sie es getan hatte. Sie jedoch blieb ohne eine Träne zurück.

„Das ist ein Wunder", flüsterte ich bei mir selbst, und ich folgte dem schluchzenden Lumpensammler wie ein Kind, das sich von einem Geheimnis nicht mehr losreißen kann.

„Lumpen! Lumpen! Neue Lumpen für eure alten!"

Nach kurzer Zeit, als der Himmel grau zwischen den Dächern hindurchzuschimmern begann und ich die zerschlissenen Vorhänge vor den schwarzen Fenstern erkennen konnte, begegnete der Lumpensammler einem Mädchen mit leeren Augen, dessen Kopf in einen Verband gehüllt war. Der Verband war blutdurchtränkt. Blut rann über ihre Wange.

Der große Lumpensammler betrachtete das Kind voller Mitleid und holte eine hübsche gelbe Mütze von seinem Karren.

„Gib mir deinen Lumpen", sagte er und streichelte ihre blutverschmierte Wange, „und ich werde dir meinen geben."

Das Kind konnte ihn nur anstarren, während er den Verband löste, abnahm und sich um seinen Kopf band. Die Mütze setzte er auf ihren Kopf. Und ich sperrte den Mund auf, als ich es sah: Mit dem Verband war auch die Wunde verschwunden! Auf seiner Stirn quoll nun dunkles schweres Blut – sein eigenes!

„Lumpen! Lumpen! Ich sammle alte Lumpen!" rief der schluchzende, blutende, starke, so klug aussehende Lumpensammler.

Inzwischen stach die Sonne vom Himmel, blendete meine Augen. Der Lumpensammler schien es immer eiliger zu haben.

„Gehst du zur Arbeit?" fragte er einen Mann, der an einem Telefonmast lehnte. Der Mann schüttelte den Kopf.

„Hast du denn keine Arbeit?“ hakte der Lumpensammler nach.

„Bist du verrückt?“ gab der andere höhnisch zurück. Er stieß sich von dem Mast ab, so daß man seinen rechten Jackenärmel sah – er war plattgedrückt, und die Manschette steckte in der Tasche. Er hatte keinen Arm.

„So“, sagte der Lumpensammler. „Gib mir deine Jacke, und ich gebe dir meine.“

Mit welcher Bestimmtheit er das sagte!

Der Einarmige zog seine Jacke aus. Das gleiche tat der Lumpensammler – und ich erschauerte bei dem Anblick: Der Arm des Lumpensammlers blieb in seinem Ärmel, und als der andere die Jacke anzog, hatte er zwei gute Arme, kräftig wie Äste; der Lumpensammler dagegen hatte nur noch einen.

„Geh zur Arbeit“, sagte er.

Danach fand er einen Betrunkenen, der bewußtlos unter einer dünnen Decke lag, einen alten Mann, gekrümmt, runzelig und krank. Er nahm die Decke und legte sie sich um die Schultern, doch für den Betrunkenen ließ er neue Kleider zurück.

Und nun mußte ich rennen, um mit dem Lumpensammler Schritt halten zu können. Obwohl er hemmungslos weinte, seine Stirn in Strömen blutete und er seinen Karren mit einem Arm ziehen mußte, vor Trunkenheit stolpernd, immer wieder fallend, erschöpft, alt, alt und krank, lief er ungemein schnell. Er hastete durch die Gassen der Stadt, eine Meile und dann noch eine, bis er die Grenzen erreichte, und dann eilte er weiter.

Ich mußte darüber weinen, wie sehr dieser Mann sich verändert hatte. Seine Not schmerzte mich. Und doch mußte ich herausbekommen, wo er so eilig hinwollte – vielleicht um zu erfahren, was ihn so sehr antrieb.

Der kleine alte Lumpensammler – er kam zu einer Müllhalde. Er kam zu den Abfallgruben. Und dann wollte ich ihm bei dem helfen, was er tat. Aber ich blieb zurück und versteckte mich. Er stieg auf einen Hügel. Unter qualvollen Mühen räumte er eine kleine Fläche auf der Kuppe frei. Dann seufzte er und legte sich nieder. Seinen Kopf bettete er auf ein Taschentuch und eine Jacke. Seinen Körper bedeckte er mit der dünnen Decke. Und er starb.

Oh, wie ich weinte, als ich sein Sterben mit ansah! Ich ließ mich in eines der Schrottautos fallen und jammerte und klagte wie einer, der keine Hoffnung hat – denn in mir war eine tiefe Liebe zu dem Lumpensammler erwacht. Jedes andere Gesicht war mir angesichts des Wunders dieses Mannes verblaßt, und er war mir kostbar geworden. Doch nun war er tot. Ich schluchzte, bis ich in Schlaf fiel.

Ich wußte nicht – woher hätte ich es wissen sollen? –, daß ich die ganze Nacht und auch den Samstag und die nächste Nacht durchschlief.

Doch dann, am Sonntagmorgen, wurde ich durch ein lautes Getöse geweckt.

Licht – reines, hartes, forderndes Licht – prallte auf mein trauriges Gesicht, und ich blinzelte und blickte auf. Und ich sah das letzte und das erste Wunder von allen. Dort stand der Lumpensammler und faltete sorgfältig die Decke zusammen. Er hatte eine Narbe auf der Stirn, doch er lebte! Und er war gesund! Von Not oder Alter war ihm nichts anzumerken, und all die Lumpen, die er gesammelt hatte, leuchteten schneeweiß und rein.

Da senkte ich meinen Kopf, und erschauernd über all das, was ich gesehen hatte, ging ich auf den Lumpensammler zu. Voller Scham nannte ich ihm meinen Namen, denn neben ihm war ich nichts als eine erbärmliche Gestalt. Dann warf ich an Ort und Stelle alle meine Kleider ab und sagte voller Sehnsucht zu ihm: „Bekleide mich."

Und er bekleidete mich. Mein Herr, er legte mir neue Kleider an, und ich bin ein Wunder neben ihm. Der Lumpensammler, der Lumpensammler, der Christus!

Meditation am Neujahrstag

Mächtiger Gott!

Schöpfer ohne Anfang, ohne Ende!

Deine Werke überwältigen mich, wenn ich bedenke, daß sie dein sind – zum Schweigen, zur Ehrfurcht und zu ehrfürchtigem Gebet.

Denn drei Abgründe trennen mich von ihrer Erkenntnis, und mit jedem Abgrund werde ich kleiner, bis ich fast nichts mehr bin neben deiner Größe. Und doch liebst du mich.

Ich weiß vielleicht einige wenige Dinge über die Sonne, kann vielleicht ihre Temperatur messen, ihre Bahn im Verhältnis zu anderen Sternen verfolgen, ihr Alter datieren, ihren Tod voraussagen und den tosenden Sturm ihrer Verbrennung in der Zeit dazwischen beobachten. Aber was haben diese Zahlen über die Sonne mit meiner eigenen Größe zu tun? Und was sind schon meine eigenen Reisen, mein Alter und mein Tod neben diesem verheerenden Feuer im Universum? Winzig, bedeutungslos! Mein Gott, das wenige, was ich über deine Sonne weiß, die doch nur ein Tropfen in einem Meer aus Sonnen ist, macht mich klein. Wie kann es sein, daß du mich liebst?

Dabei ist das nur die erste Ebene deiner Schöpfung. Was die zweite Ebene angeht, bin ich unwissend und kann nur raten, nur Vermutungen anstellen.

Denn wer von denen, die es nicht gesehen haben, könnte sagen, wie du am Anfang die Sonne an ihren Ort gesetzt, ihr Antlitz geformt und sie in ihrem Herzen erschüttert und in Brand gesetzt hast? Wer kennt das Wort, mit dem du die Sonne ins Dasein befohlen hast? Wer kennt den Anfang der Dinge, die wir erkennen *können*? Theorie! Theorie! Wir zwitschern Theorien wie die Schwalben, denn Unwissenheit macht uns angst, und wir brauchen die Geräusche. Doch da, wo ich mit Mut etwas wissen könnte, da weiß ich nichts! Wenn ich zugebe, daß ich mit dem Rücken zu einer Leere stehe, daß ich in der Tat blind bin für den Anfang aller Dinge, dann verstumme ich. Dann macht mich meine totale Bedeutungslosigkeit schaudern – eine Handvoll Staub am Rande einer Wüste. Dennoch kniest du nieder, suchst mich und sagst mir, daß du mich liebst.

Doch es gibt noch eine letzte Ebene des Wissens, von der ich ganz und gar ausgeschlossen bin. Darüber kann ich nicht einmal mutmaßen. Ich stehe nur staunend davor.

Denn du, der du die Sonne gemacht hast, die Metagalaxien ebenso wie die Haare auf dem Kopf meiner Tochter Mary, du hast zuerst den Raum erschaffen, in dem all diese Dinge ihren Platz finden konnten. Ah, mächtiger Gott! Raum, wo vorher kein Raum war? Ausdehnung, wo es vorher keine gab? Nicht nur die *Dinge* betrachte ich nun, sondern den Raum, der sie enthält. Nicht nur diesen oder jenen Raum, sondern *Raum* an sich. Mein Gott, ich habe keine Sprache mehr dafür, noch auch nur die geringste Vorstellung von der Tat, die du vor dem Anfang aller Dinge vollbracht hast. Denn man kann sich vielleicht einen Raum vorstellen, in dem nichts ist, aber niemand kann sich ein Nichts vorstellen, in dem nicht einmal Raum ist.

Du Gottheit, heilig, mächtig und unsterblich!

Pantokrator! Von dem her der Kosmos, auf dem der Grund aller Dinge, durch den das Dasein!

Ach, mein Vater, wie kannst du mich so lieben?

Denn wie du den Raum erschaffen hast, in dem die Dinge sind, so hast du auch die Zeit erschaffen, in der alles geschieht. Von diesen beiden Schöpfungen, Raum und Zeit, ist die eine so elementar wie die andere.

Und wie ich nur Staub im Raum bin, so bin ich auch nur ein Moment in der Zeit – immer ein Moment, niemals mehr als dieser gegenwärtige Moment: das Ende des Jahres, das gestern endete, der Anfang des Jahres, das heute beginnt, der erste Tag dieses Jahres, der Morgen dieses Tages, die Minute, die Sekunde, die jetzt für mich tickt. Wie bedeutungslos, klein und flüchtig dieser Moment ist! Wie ein Rattenzahn – nicht wert, sich seiner zu erinnern. Doch dieser Moment bin ich. Und siehe! Du trittst ein von jenseits der Zeit. Du dringst aus der Zeitlosigkeit in diesen einsamen Moment vor in mein zerlumptes Dasein, zu mir, um mich zu lieben. Wie kann es solche Freundlichkeit geben?

Denn du, der du die Zeit gemacht hast, bist nicht durch die Zeit gebunden – es sei denn durch deinen eigenen Entschluß.

Du umarmst mich, mein Tröpfeln von Momenten. Gerade jetzt stehst du an meiner Geburt und empfängst mich als Säugling in dieser geschaffenen Welt. Doch gerade jetzt bist du auch gegenwärtig, um dieses mein Gebet zwischen den Jahren zu hören. Doch gerade jetzt schaffst du die Antworten auf unsere Gebete in unserer

Zukunft, in deiner Gegenwart. Und gerade jetzt, gerade jetzt, lieber Gott, wartest du an meinem Sterbebett mit ausgestreckten Armen darauf, mich in deinem Reich zu empfangen – nicht nur derselbe Gott, der mich jetzt hört, sondern auch in demselben Moment der Ewigkeit, in dem ich jetzt bete!

Ach, Herr, der du *bist*, bevor Abraham war!

Ewiger Gott! Solche Gedanken sind zu wunderbar für mich. Sie sind hoch: Ich kann nicht zu ihnen hinaufreichen.

Denn du bist zu wunderbar, als daß man es beschreiben könnte. Und doch liebst du mich. Und dennoch hast du beschlossen, mich zu bemerken. Und dennoch beugst du dein grenzenloses Sein, deine Unendlichkeit, hinab in Raum und Zeit, hinab in die Dinge und in die Geschichte, um mich zu suchen und mein Leben zu erhalten.

Abba, Abba, Vater!

Wie kann es sein, daß du Interesse an mir hast?

Ich flüstere und staune, daß du es hören willst. Ich flüstere – verblüfft –, daß es für die Gottheit eine Bedeutung hat. Ich flüstere hier, jetzt, die Wahrheit meines Herzens und meines ganzen Seins.

Und ich flüstere: Gott, ich liebe dich auch.

Ein Adventsmonolog

Ich liebe ein Kind.

Aber es hat Angst vor mir.

Ich möchte diesem Kind helfen, das so dringend Hilfe braucht; denn es ist hungrig. Seine Wangen sind hohl, aber es weiß wenig über Nahrung und noch weniger über Ernährung. Ich weiß über beides Bescheid. Es friert, und es ist schmutzig. Das Mädchen wohnt am Ende eines schäbigen Flures, drei Treppen hoch in einer Mietskaserne, deren Besitzer schon lange die menschlichen Leiber vergessen hat, die sich darin drängen. Doch ich weiß, wie man Feuer macht, und ich weiß, wie man ein Gesicht wäscht.

Sie ist zurückgeblieben, um die Wahrheit zu sagen. Unbeholfen mit der Zunge, langsam von Begriff. Sie weiß von ihrer Behinderung und schämt sich dafür. Aber hier bin ich, weitgereist und klug, und nur allzu bereit, meine Weisheit mitzuteilen.

Sie ist den ganzen Tag über einsam. Sie sitzt mit dem Rücken zur Tür auf einem Sessel, die Knie angezogen und gegen ihre Brust gepreßt, die Arme um die Beine geschlungen, den Kopf gesenkt. Und ich sehe, wie ihr Haar bis auf die Knöchel herabfällt. Aber ihr Gesicht kann ich nicht sehen. Sie versteckt sich. Wenn ich nur ihr Gesicht sehen und sie küssen könnte... Nun, dann könnte ich die Einsamkeit aus ihr herausziehen.

Sie singt eine Art Lied, um sich die Zeit zu vertreiben, eine kindliche Melodie, obwohl die Formen ihres Körpers verraten, daß sie eine Frau ist. „Miez, Miez", singt sie. Ich weiß, daß sie damit gar keine Katze meint, sondern ihr Gesicht, das sie häßlich nennt. Und ich weiß, daß sie recht hat. Aber ich kann mächtig überzeugend sein, und ich könnte ihr Gesicht allein durch meine Liebe hübsch machen.

Ich liebe das Kind.

Aber es hat Angst vor mir.

Wie kann ich dann zu ihr kommen, um sie durch meine Liebe zu nähren und zu heilen?

An die Tür klopfen? Ganz normal hineingehen?

Nein! Sie hält beim leisesten Klopfen die Luft an und tut so, als wäre sie nicht da. Sie meint, sie sei es nicht wert, daß man ihr Gesellschaft leiste. Und lautes, drängendes Pochen würde sie zitternd in Tränen ausbrechen lassen, denn die Polizei und die Schuldeneintreiber haben ihr in der Vergangenheit zu schaffen gemacht.

Oder soll ich die Tür einbrechen? Soll ich mein Gesicht am Fenster zeigen? Was für ein Entsetzen ich damit auslösen würde. All das ist schon vorgekommen. Sie hat die Vergewaltigungen herzloser Männer erlitten, und deshalb läßt sie ihren Kopf hängen, und *deshalb* singt sie „Miez".

Ich bin keiner von denen, sicher. Aber wenn ich auf dem gleichen Wege käme wie die – sie würde den Unterschied nicht erkennen. Sie würde meine Liebe nicht empfangen, sondern vielleicht an Herzversagen sterben.

Ich habe vom Flur aus gerufen. Ich habe durch Risse im Putz ihren Namen gesungen. Aber ich habe eine Stimme wie eine Posaune, und sie hält ihre Ohren zu und weint. In jedem Wort hört sie eine Anklage.

Ich könnte natürlich die Türen und Wände und Fenster einfach ignorieren und so, wie ich bin, vor ihr erscheinen. Ich habe diese Fähigkeit. Aber sie hat nicht die Kraft, es zu sehen. Sie würde sterben. Weißt du, sie ist ihr eigenes tiefstes Versteck, und Furcht und Tod sind die sichersten Türen, um mich fernzuhalten.

Was bleibt noch übrig? Wie kann ich zu meiner Geliebten kommen? Wie finde ich einen Weg zu ihr, ohne sie zu erschrecken oder gar zu töten? Durch welche Tür kann die Liebe zu ihr dringen, um sie wahrhaft zu nähren, ihre Einsamkeit zu vertreiben, sie schön zu machen – so schön wie meinen Mond in der Nacht und meine Sonne am Morgen?

Ich weiß, was ich tun werde.

Ich werde die Frau selbst zu meiner Tür machen – und durch ihren Körper in ihr Leben eintreten.

Ah, das gefällt mir. Das gefällt mir. Wie könnte sie Angst haben vor ihrem eigenen Fleisch, vor etwas Hilflosem unter ihren Rippen?

Ich werde das Baby sein, das in ihrem Schoß erwacht. Leise! Auf diese Weise wird sie von meinem Kommen wissen, bevor ich komme. Leise! Zeit, mich bereitzumachen, ihren Leib zu berühren, die Verheißung allein zu berühren. Wenn sie ihren Kopf hängen läßt, wird sie mich ansehen, an *mich* denken, mich lieben. Das ist ein vorzüglicher Plan! Leise!

Und dann, wenn ich komme, wird meine Stimme ihr so lieb sein. Sie wird die Zärtlichkeit aus ihrer Seele und die Schönheit in ihr Gesicht rufen. Und wenn ich an ihrer Brust trinke, wird sie seufzen und ein anderes Lied singen; ein süßes Magnificat, denn dann wird sie sich wichtig fühlen – und würdig, weil sie sieht, daß ein anderes Leben von ihr abhängt. Meine Bedürftigkeit wird sie reich machen!

Was wird dann aus ihrer Einsamkeit? Sie verschwindet. Sie verschwindet in dem Band zwischen uns, obwohl ich noch nicht einmal ein Wort gesagt haben werde. Und um meinetwillen wird sie ihr Gesicht waschen, denn dann wird sie einen Grund dafür haben.

Und die Sünden, die sie erlitten hat, die Verletzungen durch die Hände von Männern, werden durch mein Dasein verwandelt werden. Ich mache, daß aus Bösem Gutes hervorgeht; ich *bin* das Gute, das aus Bösem hervorgeht.

Ich bin ihr Herr, der diese Frau liebt.

Und für eine Zeit werde ich sie meine Mutter sein lassen. Doch dann werde ich wachsen. Und ich werde wieder meine Posaunenstimme annehmen, die einst tödlich für sie gewesen wäre. Und dann werde ich sie in meine Arme nehmen. Und aus diesem kleinen Zimmer, aus dieser schmutzigen Mietskaserne werde ich meine Mutter, mein Kind, für immer davontragen.

Ich liebe ein Kind.

Aber sie wird mich nun nicht mehr lange fürchten.

Schaut! Schaut, es ist fast soweit. Ich mache etwas Neues – und erkennt ihr es nicht? Ich komme in eure Mitte als ein kleines Kind.

Und mein Name wird Immanuel sein.

An eine Dame, der ich nahestand und deren Namen ich nicht kenne

Du. Ich habe dich heute abend im Supermarkt gesehen, und jetzt kann ich deinetwegen nicht schlafen – und vielleicht schläfst du auch nicht.

Ach, du! Du zählst deine Münzen mit zerbissenen Fingernägeln – nicht einmal, sondern immer wieder. So vermeidest du es, die Kassiererin anzusehen. Als würdest du dich für die Waren schämen, die du kaufst; als verrieten sie deine Einsamkeit um Mitternacht.

Zwei Sechserpacks Diät-Cola, denn dein in Shorts gezwängtes Hinterteil ist gewaltig und schiebt sich an deinem Rücken hoch, wenn du dein Gewicht von einem Bein auf das andere verlagerst. Du seufzt. Ich glaube, du weißt nicht einmal, wie tief du seufzt, und auch nicht, daß ich hinter dir in der Schlange stehe.

Vier eingefrorene Mahlzeiten, deren Schachteln dir versichern, daß sie ein Apfeldessert enthalten. Schweizer Steak, Roastbeef in Soße, Hähnchenschenkel, Garnelen. Welches davon hebst du dir für den Sonntag auf? Deckst du dir den Tisch hübsch, während das Essen auftaut? Oder ißt du allein, mit finsterem Gesicht?

Frühstücksdrinks, eine Schachtel Marlboro, fünf Schokoriegel, Tampax, Vitamine mit Eisen, eine Ausgabe des Readers' Digest, Appetitzügler, zwei große Tüten Kartoffelchips. Im allerletzten Moment wirfst du noch ein Sylvia-Taschenbuch auf das Band. Ist es das, was du sonntags beim Essen liest? Ist das deine Gesellschaft?

Welche privaten Kriege werden zwischen deiner Küche und deinem Badezimmer ausgetragen? Hier sehe ich ein Arsenal für beide Seiten. Die Frau, die abnehmen möchte, gegen die Frau, die fragt: „Warum?“ und „Was soll's?“ – die Frau, deren Verlangen zu sehr gestillt wird, selbst wenn es so gut wie überhaupt nicht gestillt wird. „Es ist deine eigene Schuld“, klagt die erste an. „Bei deinem Gewicht kannst du keine Liebe erwarten.“ Doch die andere weint: „Wenn ich geliebt würde, brauchte ich nicht zu essen.“

Ach, du.

Gummischlappen an deinen Füßen. Der Lack auf deinen Fußnägeln steht schon dick über der Nagelhaut. Es fällt mir auf, als die Kassiererin deine Rechnung ausgibt und du ein Geldstück fallen läßt, das hinter mich rollt. Ich bücke mich, um es aufzuheben. Als ich mich aufrichte, hast du schon deine Hand ausgestreckt und sagst „Danke“– noch ehe ich es dir zurückgegeben habe.

Aber plötzlich tue ich etwas Törichtes, für das ich dich jetzt um Vergebung bitte. Ich wußte nicht, auf wie schreckliche Weise ich dir damit dem Abend verderben würde.

Ich behalte das Geldstück einen Augenblick lang in der Hand; ich schaue dir in die Augen – graue Augen mit ehrlichem, kohlschwarzem Gefühl –, und ich sage: „Hallo!“ Und dann sage ich: „Wie geht es Ihnen?“ Ich habe die Frage wirklich ernst gemeint. Es tut mir leid.

Ein Schock! Er prallt dir geradezu ins Gesicht. Eine Sekunde lang forschst du in meinen Augen. Dann erschlaffen deine Wangen, als hätten sie ihren Halt verloren, als würdest du gleich zu weinen beginnen. Das ängstigt mich. Was soll ich machen, wenn du weinst?

Doch dann rollen sich deine Lippen nach innen, deine Nüstern blähen sich, die grauen Augen blitzen, und ganz plötzlich wirst du sehr, sehr zornig.

Wie eine Schlange fährt deine linke Hand auf mein Handgelenk zu und packt es, während die rechte mir das Geldstück aus der Hand reißt. Ich bin verblüfft, sowohl über deine Kraft als auch über deine Heftigkeit.

Du hast gezischt, als du mich verletztest. Ich habe es gehört und habe es jetzt noch im Ohr. Dann hast du bezahlt, dir die Tüten gegen die Brust gedrückt und bist mit trostlos gegen die Fersen schlagenden Schlappen hinaus in die Nacht gegangen.

Ach, du. Du.

Wie sehr ich dich mit meiner Frage verletzt haben muß. War dieser harmlose Gemeinplatz zu bohrend, zu tödlich, zu bedrohlich für das heikle Gleichgewicht, auf das du dein Leben eingerichtet hast? Erschreckt dich Freundlichkeit, weil du dann ja vielleicht mehr tun müßtest als träumen, mehr als dir den Liebesroman vorstellen, weil du dann einfach sein müßtest?

Ich glaube, ja.

Die Kluft zwischen einem Leben allein und einem Leben in Liebe – in dem man wirklich existiert, wirklich würdig ist in den Augen eines anderen – besteht darin, daß du nicht mehr dir selbst gehörst. Du gibst dich selbst hin, und alle Spielchen sind zu Ende. Du kannst nicht mehr zu Ausreden oder zu Anklagen gegen die Welt greifen, und du kannst dir keine Lügen mehr über deine Schönheit, deine Begabungen und deine Möglichkeiten einbilden. Alles wird zu dem, was es wirklich ist, denn du wirst gesehen, und du weißt es. „Wie geht es dir?“ zieht die Frage „Wer bist du?“ nach sich. Und das Schlimme war nicht so sehr, daß ich es gesagt, sondern daß ich es *gemeint* und auch noch auf eine Antwort gewartet habe – das führte der einsamen Sie ihre Einsamkeit vor Augen, gerade in dem Moment, als ich dir das andere anbot: Freundschaft.

Das ist beängstigend, nicht wahr?

Um geliebt zu werden, mußt du alle Illusionen sterben lassen. Und weil zwischen dem Badezimmer und der Küche, zwischen dem Readers' Digest und dem Sylvia-Roman dein Selbst zum größten Teil aus Illusionen bestand – zumindest dein annehmbares Selbst –, mußte, um geliebt zu werden, dein eigenes Selbst sterben – zumindest das annehmbare Selbst.

Statt dessen hast du mich angegriffen, und ich sehe noch heute abend die blauen Flecken an meinem Handgelenk. Ach, du.

Ein reicher, mächtiger junger Mann kam zu Jesus, weil er ewiges Leben haben wollte. Er habe alle Gebote gehalten, verkündete er. Ob das denn nicht ausreiche? Doch Jesus sagte ihm, daß ihm noch eines fehle. Er solle, sagte Jesus, alles, was er hat, verkaufen und das Geld den Armen geben. Diese Worte machten zwei Menschen traurig: den Reichen, weil er sich nicht von seinen Reichtümern trennen konnte, die sein Selbst waren. Er wandte sich ab. Und Jesus, weil er diesen Mann liebte und doch nicht lieben konnte, denn er wandte sich ab.

Reichtümer. O du liebe, einsame Frau, wie reich bist du in deinen Illusionen. Ist es nicht eine Ironie, daß du dich an eben die Einsamkeit klammerst, die dir doch so zuwider ist? Sie verschafft dir Sicherheit. Doch Liebe – Gottes Liebe – ist immer mit Licht verbunden. Das ist es, was dir Angst macht. Licht beleuchtet die Wahrheit: das Übergewicht, das törichte Spiel mit Appetitzüglern und Kartoffelchips, mit Zigaretten und Vitaminen. Diese Dinge sind die Wahrheit. Sie hältst du verborgen. Doch Jesus kann nur die Wahrheit lieben. Er kann nicht deine Phantasien lieben, deine Reichtümer. Verkaufe alles, was du hast. Mache dich los von allem! Eigentlich war ich es gar nicht. Es ist Jesus, der dich fragt: „Wie geht es dir?" Und wenn du dann das falsche Selbst, mit dem du das verächtliche Selbst aufrechterhältst, verkaufen und dann sterben würdest; wenn du wahrheitsgemäß antworten würdest: „Ich bin dick, hilflos, allein und ohne Liebe"– dann würde er dich lieben. Nein! Dann würdest du wissen, daß er dich schon immer geliebt hat. Die eine Wahrheit sehen heißt, die andere entdecken – nämlich, daß er dich nicht deshalb liebt, weil du liebenswert bist, sondern weil er die Liebe ist. Und die Macht seiner Liebe ist es, das Häßliche schön zu machen! Wer von Gott geliebt wird, der ist wahrhaftig liebenswert.

Die ganze Nacht über halte ich ein Geldstück in der Hand und frage: „Wie geht es dir?" Ich kann nicht schlafen, weil ich auf die

Wahrheit warte: „Mir geht es grauenhaft!" Denn dann würde ich rufen: „Gut! Endlich ein Bekenntnis, das ich lieben kann!"

Und der mächtige Gott ruft mit seiner Posaunenstimme: „Ich liebe ein Kind. Aber es hat Angst vor mir! Wie kann ich dann zu ihm kommen, um es durch meine Liebe zu nähren und zu heilen?"

Epiphanien – Wenn kleine Kinder führen

Immer noch flüstert der Herr, der Herr Gott, barmherzig, gnädig, langmütig und gut, am Hang seines heiligen Berges: „Ich liebe ein Kind. Aber es ist wie Stein in meiner Hand. Wie soll ich mich ihm denn zu erkennen geben, wie sein Herz mit dem Hammer der Vergebung zerschmettern?"

Das Wasser hatte kein Recht, zu Wein zu werden.

Sechs Krüge standen leer herum. Nun gut, sie waren eben leergetrunken. Dann gab Jesus einen Befehl, und die Diener hörten ihn. Und die Diener, vorbereitet durch Marias Vermittlung, gehorchten. Auch diese Folge von Ereignissen war klar, offensichtlich und vernünftig. Bald waren die sechs Krüge randvoll mit Wasser, und niemand wunderte sich darüber. Wenn man einen Krug füllt, dann ist er voll mit Wasser. Es war die natürliche Folge der gehorsamen Arbeit der Diener, und soweit war der Vorgang ganz folgerichtig. Jede Einzelheit ging aus einer vorherigen Konstellation von Einzelheiten hervor. Ursache und Wirkung. Das war ganz normal und entsprach der Natur der Dinge.

Jesus gab einen zweiten Befehl, und wieder hörten ihn die Diener, und wieder gehorchten sie. Sie schenkten von der Flüssigkeit ein und reichten sie dem Speisemeister, und der trank. Doch was er da schluckte, war Wein. Das war nicht mehr vernünftig! Der Wein hatte kein Recht, dort zu sein. Irgendwo war eine Bresche in die Kette der Ereignisse geschlagen worden. *Irgendeine* nicht nachvollziehbare Ursache hatte die Logik durchbrochen, eine unsichtbare

Macht hatte eine Wirkung hervorgerufen, die sehr sichtbar und unerschütterlich war – und dazu auch noch schmackhaft: Wein. Wenn es nach natürlichen Abläufen ging, dann hatte dieser Wein kein Recht, dort zu sein.

Es war also etwas Unnatürliches, etwas äußerst Ungewöhnliches an diesem Ort. Die Jünger starrten Jesus an – tief, tief, tief hinein hinter seine Stirn und in die Abgründe seiner Augen. Rabbi, wer bist du? Wasser hat kein Recht, Wein zu sein – es sei denn, Gott wäre in dir.

Für den Augenblick gaben die Jünger die Logik auf. Sie akzeptierten, daß sich im Universum eine Tür geöffnet hatte. Sie nahmen das unmögliche Ergebnis als ein Zeichen und schlossen von dort aus auf eine Ursache, die sie nicht gesehen hatten. Denn Fleisch und Geist wohnen auf verschiedenen Ebenen, und ihre Augen waren Fleisch: „Wir sehen das Licht, auch wenn wir die Quelle des Lichtes nicht sehen." Licht und Quelle zusammen werden die Herrlichkeit Gottes genannt – und sie glaubten an ihn.

Genauso hat sich Jesus offenbart.

Genauso tut er es noch immer.

Hört her! Hier ist eine wahre Geschichte, die mir persönlich passiert ist.

Mein Sohn Matthew war immer hart an der Grenze zur Hyperaktivität. Das ist für alle Beteiligten ein sehr anstrengender Zustand – und manchmal zermürbend. Der Junge sprang, bevor er krabbelte, und spielte Fußball, bevor er redete. Er sah sich die Spiele im Fernsehen mit dem ganzen Körper an – das heißt, er rannte bei jedem Spiel durchs Wohnzimmer, gab zurück an den Verteidiger, paßte nach vorn an den Rechtsaußen, hechtete nach Schüssen aufs Tor und schaffte es sogar, sich gegen Glasvitrinen und teures Porzellan zu werfen. Mit seinen vier Jahren war Matthew die ganze Mannschaft, und das im Wohnzimmer eines armen Mannes.

Nun bin ich ein geduldiger Mensch. Ich bin Pastor! Ich werde dafür bezahlt, geduldig zu sein. So manchen Sonntagnachmittag verbrachte ich in angestrengter Geduld, übte mich in dieser Tugend, dieser Frucht des Geistes – und manchmal rutschte ich aus und entledigte mich im Wohnzimmer vor einem erschrockenen vierjährigen Jungen mit gewaltiger Stimme einer Strafpredigt, um seine Begeisterung für eine Weile zu dämpfen. Doch im allgemeinen fand ich meine Geduld wieder und präsentierte meinem Sohn ein bewundernswertes Beispiel christlicher Selbstbeherrschung. *Selbstbeherrschung*, Matthew. Selbstkontrolle! *Siehst* du? So macht man das.

Durch die Zähne gepreßt: Siehst du? So macht man das.

Doch Matthew tanzte nach einer anderen Pfeife. Matthew nahm sich andere Vorbilder, eines ungestümer als das vorige und beängstigend für ein Vaterherz.

Mit andächtiger Aufmerksamkeit sah er sich den „Sechs-Millionen-Dollar-Mann“ an. Freilich glaubt er an alles, was er sich ansieht. Und das, woran er glaubt, dazu wird er selbst. Die rückhaltlose Treue und Redlichkeit dieses Jungen ist ein Ansporn für alle Gläubigen in aller Welt. Kein besserer Jünger hat je gelebt. Laßt ihn die Heiligen über Heiligung unterweisen. Aber um Himmels willen, laßt ihn an die Sanftmütigen glauben – nicht an den Sechs-Millionen-Dollar-Mann!

Denn der Sechs-Millionen-Dollar-Mann, der über unzerstörbare rechte Gliedmaßen verfügte, hat alles zerstört.

Eines Tages schickte ich, um etwas Ruhe für meine Arbeit zu haben, meinen Sohn in sein Zimmer, neigte dann meinen Kopf über der Schreibmaschine und erschauerte einen Augenblick lang in der kühlen Stille. Stille ist etwas Wunderbares. Und Geduld ist eine Tugend. Ich hob den Kopf und begann vorsichtig, einen Satz zu schreiben. Ein weiterer Satz folgte, und bald entstand ein Absatz. Es war wunderbar. Ich fand meinen Rhythmus. Ich war unterwegs zu einer vollen Seite und hegte schon Hoffnungen auf ein mögliches Kapitel, bevor der Tag vorüber wäre – als aus Matthews Zimmer ein ohrenbetäubendes *Krach!* ertönte. Nein, es war eher ein *Knall!*, begleitet von zersplitterndem Holz.

Ich sprang auf meine armen Beine und hetzte zu seinem Zimmer, die Finger immer noch gekrümmt, wie sie auf den Tasten der Schreibmaschine gelegen hatten...

Die Tür war noch zu. Egal! Ich durchschaute sofort, was der Sechs-Millionen-Dollar-Junge getan hatte – denn sein Fuß ragte ungefähr einen Dreiviertelmeter über dem Boden *durch* die Tür *hindurch*. Als ich die Tür auf normale Weise öffnete, zerrte ich mit ihr ein Kind aus dem Zimmer, das lächelnd auf dem Rücken lag. „Hallo Papa“, sagte er. „Ich habe versucht, herauszukommen...“

Durch die Zähne gepreßt: unterdrückte Schreie und schwere Vorwürfe gegen ein Kind. Bald hatte ich das Lächeln aus seinem Gesicht gezogen, noch bevor wir seinen Fuß aus der Tür gezogen hatten. Der fliegende Junge.

•

Mit acht Jahren lief Matthew von zu Hause fort.

Das ist die Folge von Ursache und Wirkung, so gut ich mich an sie erinnere. Jeder einzelne Schritt hat eine trostlose, vernünftige Logik an sich, und ich kann verstehen, warum er davonlief.

Abends sprachen wir regelmäßig ein Gebet, von dem ich bestimmte Teile zur Auferbauung meines Sohnes besonders betonte. Wir beteten: „Heiland Jesu, wasch mich rein / von aller Schuld und Sünde mein. / Hilf mir, daß ich jeden Tag / *sanft und gütig* werden mag.“

Und dann sollten meine Söhne Matthew und Joseph in schönem, müdem Gehorsam ihre Augen schließen und einschlafen.

Aber an einem Abend brodelten noch besondere Energien in meinem Matthew.

Ich faltete meine Hände und stellte mich zwischen ihre Betten. Wir waren ein Bilderbuchbeispiel familiärer Andacht.

„Heiland Jesu, wasch mich rein / von aller Schuld und Sünde mein. / Hilf mir, daß ich jeden Tag... Matthew! Was machst du da?“

Der liebe Matthew hatte sich aus dem Bett und aus der inneren Sammlung davongestohlen, saß auf dem Boden und leerte einen Karton mit ungefähr dreitausend Fußballbildern aus. „Ich sortiere meine Bilder“, sagte er. „Terry Bradshaw...“ Er ist ein Fan der Steelers.

„Nein, das tust du nicht.“ Durch die Zähne gepreßt. „Wir beten gerade. Es ist Zeit zum Schlafen. Ins Bett, bitte! Falte bitte die Hände! Also! Heiland Jesu, wasch mich rein / von aller Schuld und Sünde mein. / Hilf mir... Matthew! Was machst du jetzt schon wieder?“

Er trottete aus dem Zimmer in Richtung Bad. „Ich gehe mir die Zähne putzen."

Heiland! Jesu! Nun ja, aber die Regel mit dem Zähneputzen habe ich schließlich aufgestellt. Und der Junge gehorcht einer Regel – das muß man ihm lassen. Und ich sollte auch keine Regeln widerrufen, die ich zuvor mit wunderbaren Beweisen ihrer Wichtigkeit untermauert habe. Geduld ist eine Tugend. Ich ließ ihn gehen. Ich neigte meinen Kopf und wartete. Geduld ist eine Tugend, ja. Aber der Vesuv ist ein Vulkan.

Als er breit grinsend, mit weißen Zähnen und zufrieden mit sich zurückkehrte, falteten wir wieder unsere Hände, bis die Knöchel weiß hervortraten, und stimmten wieder unser Gebet an: „Heiland / Jesu / Wasch mich / Rein! / von aller / Schuld ... MATTHEW! WO GEHST DU HIN?"

„Ins Bad. Ins Bad. Pipimachen!"

Und was konnte ich schon tun? Wenn er nicht zum Pipimachen ins Bad ging, würde der Junge sein Pipi ins Bett machen, und dann würde seine Mutter und meine Ehefrau allen Anlaß finden, zu seiner Beschützerin und meiner Gegnerin zu werden, ihrerseits besiegt durch nasse, stinkende Laken.

Als er zurück ins Zimmer und in sein Bett hüpfte, als er brav seine Hände faltete, bemerkte er ein gewisses Schwelen in meinem Gesichtsausdruck.

„Wollen wir nicht beten?" fragte er.

„Morgen!" brüllte ich. „Für heute hat sich's ausgebetet."

„Drückst du mich nicht noch mal?" fragte er.

„Morgen!" donnerte ich ihn an und ging.

Morgen.

Frühstück.

Meine Frau rief die Kinder, alle vier, sich vor dem Essen die Hände zu waschen. Drei von ihnen wuschen ihre Hände. Einer von ihnen rührte sich nicht von der Stelle, sondern las im Wohnzimmer die Sportseite.

Ich war inzwischen kein geduldiger Mensch mehr. „Matthew", sagte ich, „hast du deine Mutter nicht gehört?"

„Doch", sagte er, „ich habe sie gehört."

„Was hat sie gesagt?"

„Sie hat gesagt: Wascht eure Hände."

„Und warum hast du deine Hände nicht gewaschen?"

In vollkommener Unschuld blickte das Kind vom Fußboden zu mir hoch. In aller Sachlichkeit hob er zwei Finger und antwortete: „Weil sie mich nicht zweimal gebeten hat."

Meine ganze rhetorische Kunst, in zehn Jahren auf der Kanzel geschliffen, blitzte im Wohnzimmer auf, prallte gegen die Wände, verdammte ein Kind für eine Belanglosigkeit und ließ seine Seele zu einem Nichts verdorren. In wohlgesetzten, hallenden Worten verurteilte ich den Jungen. In der Sprache Moses und der Propheten sündigte ich gegen meinen Sohn.

An jenem Nachmittag lief er davon.

Clarence Fields, der Leiter der Pfadfindergruppe, rief von der Gemeinde aus an. „Kommt Matthew heute nicht?" fragte er.

„Er hätte direkt von der Schule aus hinkommen sollen", erwiderte ich.

„Die Schule ist schon seit einer Stunde aus. Er ist noch nicht hier", sagte Clarence.

Ich legte die Hand über die Sprechmuschel und rief zu Joseph in die Küche: „Weißt du, wo Matthew ist?"

Sein Bruder sagte: „Ja." Dann sagte er: „Nein."

„Was soll das heißen?" fragte ich.

Joseph sah mich mit einem verwundeten Ausdruck in den Augen an. Er war den Tränen nahe. „Er ist davongelaufen", sagte Joseph. „Aber ich weiß nicht, wo er hingegangen ist."

„Davongelaufen – von zu Hause?"

„Er hat gesagt, er ist nichts wert. Er hat gesagt, er kommt nicht mehr zurück."

Dann fing Joseph an zu weinen.

Und in meiner Brust begann es zu pochen. Es fiel mir nicht leicht, Clarence zu sagen, daß Matthew davongelaufen war. Schließlich war er mein Sohn. Und ich hatte ihn dazu gebracht.

Die Pfadfinder schwärmten sofort aus, sprangen alle in Mr. Fields' Wagen und rasten damit durch die Stadt, wobei sie immer wieder zum Fenster hinaus „Matthew!" riefen.

Ich selbst wußte nicht, was ich tun sollte. In mir war genug Wasser, um meine Seele ertrinken zu lassen – und ich wäre sogar froh gewesen, zu sterben oder zu weinen, was ohnehin eins war. Herr, wie habe ich meinen Sohn mißhandelt, meinen Sohn, meinen emsigen, übermütigen, verletzlichen Sohn!

Ich ging hinaus auf die Straße, wanderte hinüber in den Bayard Park und zwischen den Bäumen. Oh, mein Sohn, was habe ich dir angetan?

Schuld ist ein richtiger, fast unerträglicher Schmerz, der im Magen sticht. Ein schuldiger Mann krümmt sich und preßt die Arme vor den Bauch, um den Schmerz zu verkraften. Aber die gebrochene Haltung schafft keine Linderung: Niemand ist schuld daran als er selbst.

Dann sah ich ihn – Matthew, wie er sein kleines Selbst über die Powell Street und in den Park hineinschleppte, auf dem Weg nach Hause.

Ich rührte ihn nicht an. Dazu hatte ich kein Recht. Ich hielt Abstand und ging neben ihm her.

„Du bist davongelaufen?" fragte ich, nur um etwas zu sagen und ihn reden zu hören.

„Ja."

„Aber du bist wieder nach Hause gekommen", sagte ich, so heiter ich konnte, als ob ich die Sache dadurch wieder geradebiegen könnte.

Er sagte: „Ich habe einen Mann gesehen. Ich dachte, er wollte mich kidnappen. Da bin ich nach Hause gekommen."

Ach, Matthew! Das Zuhause, das ich dir bereitet habe, ist nur die geringere zweier Ängste – ein Ort, um sich zu verstecken, nicht um dort zu leben. Ach, Matthew! Winziges Kind an meiner Seite.

Ich hatte keine Worte mehr zu sagen, ich erbärmlicher Vater. Schweigend gingen wir nach Hause, er in sein Zimmer, ich in mein Büro, wo ich mich in meinen Sessel setzte und mich nicht mehr rühren konnte. Ich saß der offenen Tür gegenüber und trauerte um die Vergangenheit und die Zukunft gleichzeitig. Die Erde stand still.

Ich glaube, eine halbe Stunde war vergangen, als Matthew auf dem Weg zur Stereoanlage an dieser Tür vorbeikam, hereinblickte, mich sah und stehenblieb.

„Bist du okay?“ fragte er.

„Nein“, sagte ich.

„Bist du krank?“

„Nein. Ja.“

Er sah mich einen Moment lang verwirrt an, und ich senkte den Blick. Ohne einen Laut, ohne ein Schluchzen oder Seufzen, fing ich an zu weinen.

„Oh-h-h“, sagte Matthew leise. „Nein, Papa“, sagte er, „mach dir keine Sorgen.“ Er kam ins Büro und legte seine Hand auf mein Knie. „Ich hab‘ dich lieb“, sagte er. Dann lächelte er kurz und ging.

Dieses Kind! *Dieses Kind hatte kein Recht, mir einfach so zu vergeben!* Woher hatte er dieses Wissen? Woher hatte er die Reife, die Kraft einer alterslosen Barmherzigkeit, die verändernde Macht, *mich* zu seinem Sohn zu machen und seinen Sohn *frei* zu machen? Nein, das war nicht logisch. Irgendwo zwischen meiner Sünde und seiner Barmherzigkeit war die Kette durchbrochen; irgendeine andere Ursache war in den Ablauf eingedrungen: Er war zu Wein geworden! Und ich – schlaff in meinem Sessel hängend – flüsterte: „Es sei denn Gott mit ihm.“

Eine Tür hatte sich im Universum geöffnet, durch meinen Sohn und direkt vor meinem Gesicht. Die Herrlichkeit des Herrn war aus einem kleinen Kind hervorgebrochen. Keine Sonntagsschulstunden, auch nicht all die Predigten, die er von mir gehört hatte, nicht einmal das, was dieses Kind schon in der Bibel gelesen hatte – sondern Jesus Christus selbst war die Ursache dieses höchst dramatischen und tatsächlichen Wunders. Matthew sprach nicht im Namen Christi, einen Augenblick lang *war* er der Christus – oder besser gesagt, Christus war in ihm, und ich sah es; nicht mit meinen Augen, denn die sahen nur seine eigene kurzfingrige Hand auf meinem Knie, sondern mit meiner Seele, zu der das Wort vorgedrungen war, um sie zu verändern. Ganz beiläufig hatte er etwas getan, das er eigentlich gar nicht tun konnte. Nur Gott konnte das. Aber es war ganz gewiß geschehen: Ich hatte Vergebung empfangen.

Genauso hat sich Jesus offenbart und meine Seele versiegelt.

Genauso tut er es noch immer.

Und ich glaube an ihn.

Erde, Feuer, Wasser, Luft

I

Dieser Lehm!
Dieser stehende, zweibeinige Haufen Erde,
Knochenstaub, Blutstaub, eine Hirnschale voll mit synaptischem Staub,
Schmutz, grinsend,
Erde, quer über die Stirn gefurcht und an den Wangen von Tränen durchgraben.
Dieses klumpige, pumpende Herz!
Dieser Körper!
Meiner!
Dieses Ich – o Gott, was sollen wir damit machen?
Es wächst wie ein Delta, schwillt wie Schlick an den Mündungen der Flüsse zu Kontinenten an,
und ich hasse es!
Wie bei einer Felslawine kann ein kleiner Stein es ins Rollen bringen,
und es kommt rumpelnd herab
und begräbt Städte und Gesichter, Menschen, Orte unter sich...
Aus Zorn,
Lust,
und ich hasse es!
Oder wie Sandstürme in der Wüste, die wie Peitschen schlagen,
schleudert es Kritik in die Augen anderer,
geißelt ihre Herzen, ihre Haut und alle ihre Taten,

bis sie die Orientierung verlieren und ihre Köpfe neigen,
gedemütigt
von solch! stolzer! Wut!
Und ich hasse es!
Was sollen wir dann damit machen?

II
Verbrenne es, Vater.
Verbrenne es, o mein Gott.
Verheere mein ganzes Wesen mit Feuer!
Und laß keine Ader verschont von dem beißenden Schuß der
Reinigung:
Mit Blitzen blende meine Augen!
Meine üble Zunge, verschmore sie!
Versenge mein Inneres,
bis die Tränen brodelnd kochen
und Lust und Zorn weichen, der Stolz sich abschält,
und ich ein Stück Kohle bin –
meiner selbst enthöhlt,
nichts, nichts mehr bin
als weißglühende Asche.

III
Dann, im selben Augenblick,
tauche mich, o mein Jesus, ins Wasser.
Wie es zischt!
Wie es knistert und pfeift!
Wie die Engel jubeln werden,
wenn das Heiße und das Kalte sich treffen
und das Trockene im Nassen untergetaucht wird:
Wenn Haß zuckend verendet
und der Lehm in einer so plötzlichen Waschung gehärtet wird,
gegossen nicht in meine Form, sondern in deine!
Und so werde ich schwimmen,
und so werde ich in vollkommener Ruhe in deiner Fruchtblase
schweben.
Aber nicht für immer.

IV
Denn dann wird die Erhebung kommen.
Du, o heiliger Geist, wirst ein Wirbelwind sein,
mich aus dem Wasser reißen, mich trockenblasen und mich anhauchen.
Hauch mich an!
Hauch mich an, Geist Gottes!
Blase mir neues Leben in die Nüstern,
daß aus meinem Munde die Worte rollen,
geboren von dir für dich!
Ho! Ich werde auf allen Winden rufen,
jedem Windhauch,
die Westwinde hinab,
zu jedem Ohr rufen: *Ihn liebe ich!*
Und dann werde ich euch nicht mehr weh tun, meine Leute,
Familie, Kind und Frau.
Ich, der ich euch einst das Leben ausgepreßt habe
wie Schlamm in euerm Mund.
Sondern ich werde der Zephir auf eurer Wange sein,
der milde Abend nach einem gemeinen Tag
und das leise Wiegenlied,
und flüsternd werde ich euch ins Ohr singen:
    Still, ihn liebe ich.
    Still. Ihn liebe ich.
    Denn so hat er mich zuerst gewiegt.

Modernes Hexameron – De Aranea

Die Spinne ist die Spinnerin, die emsige Netzweberin, oft – aus peinlichen Gründen – eine Witwe und als Hausfrau allgemein achtlos im Umgang mit ihren Kindern. Meist hinterläßt sie nur ein betäubtes Stück Nahrung bei ihren Eiern für den Tag, an dem die

Kinder schlüpfen, und dann verabschiedet sie sich, bevor sie auch nur die Gesichter ihrer Kinder gesehen oder ihnen Namen gegeben hätte.

Wenig Liebe in den meisten Spinnerinnen. Statt dessen nur das eigene Überleben und ein Leben, das zwar dauerhaft, aber einsam ist: Freier und Besucher gleichermaßen werden bald zu Leichen. Ihr Eßzimmer ist ein Leichenschauhaus.

Klar: Sie frißt den, der zu ihr kommt.

Sie ist ganz ähnlich wie wir anderen: Sie gesteht der kleinen Fliege ihre Form und die Illusion der Unversehrtheit zu. Aber das Innere hat sie getrunken, und in Wirklichkeit ist die Fliege hohl, ist ihr eigener Sarg geworden – sozusagen ihr eigenes Denkmal.

Das ist eine saubere, trügerische Art zu essen. Aber wissen Sie, sie hat keinen eigenen Magen. Sie kann in ihrem Innern nichts verdauen. Darum muß ihre Beute auch noch ihr Magen sein. Durch winzige Löcher spritzt sie ihre Verdauungssäfte in eine gebundene Fliege hinein, in deren Körper dann die Organe und Nerven und Gewebe zerlegt, aufgelöst und in eine warme Suppe verwandelt werden. Diese Suppe schlürft sie – wie auch die meisten von uns einander die Seelen aussaugen, nachdem wir sie in verschiedenen Enzymen gekocht haben: Schuld, Demütigungen, grausame Liebe! Es gibt eine ganze Reihe netter ätzender Mischungen. Und manche unter uns sind so geschickt mit dem unter die Haut gespritzten Wort, daß unsere Lieben lächelnd sitzenbleiben; ganz so, als wären sie noch am Leben. Doch der Beweis, daß wir gefressen haben, ist unsere eigene Fettleibigkeit. Weder wir noch die Spinnerinnen können Fettleibigkeit verbergen.

Aber (und dieses Aber ist keine gewöhnliche Konjunktion, es ist ganz und gar Gnade!) es gibt eine Art von Spinnen, die anders sind als alle anderen. Nicht, daß sie einen Magen hätte. Sie ist schließlich eine Spinne, mit allen äußeren Merkmalen ihrer Art, und dazu gehört, daß sie keinen Magen hat.

Nein, es ist ihr Verhalten, das sie so wunderbar macht. Man könnte beinahe weinen, wenn man beobachtet, wie sie sich verhält.

Denn diese Art überläßt ihre Eier nicht dem Zufall.

Sie bleibt. Sie beschützt ihre Eier während der Brutzeit. Zu Hunderten sammelt sie ihre Brut auf ihrem Rücken, so daß sie wie eine Art grotesker Klumpen aussieht, verbeult und geschwollen. Aber so ist die Liebe: Sie macht den Liebenden unansehnlich.

Und wenn die Kinder schlüpfen, füttert die Spinne ihre Jungen. Ihre Säfte machen das Fleisch weich für ihre winzigen Saugrüssel. Doch selbst diese unter den Spinnerinnen einzigartige Fürsorge verschafft ihr keinen Namen über alle anderen Namen. Viele Mütter bemuttern ihre Kinder; das ist nicht ungewöhnlich. Nein, es ist das letzte Mahl, das sie für Notzeiten aufbewahrt, das den Beobachter verblüfft und ihn staunend den Himmel in so einem kleinen Wesen erblicken läßt...

Manchmal wird die Nahrung knapp, und wie viele Netze sie auch spinnt, eine Fliege, die nicht da ist, läßt sich nicht fangen. Manchmal senkt sich eine winzige Hungersnot auf die Mutter und ihre Spinnenkinder herab, und dann hungern sie, und dann sterben sie vielleicht, wenn sie nicht fressen.

Doch dann vollbringt sie in aller Stille die Tat, die unter allen Lebewesen einzigartig ist.

In ihren eigenen Leib ergießt die Spinnerin die verdauenden Säfte. Reichlich fließen sie durch ihre Eingeweide, während sie ganz still hält und verdaut, nicht das Fleisch irgendeines anderen Tieres, sondern ihr eigenes, und die Teile in ihrem Innern zerlegt, die sie einst am Leben erhielten, bis ihre Augen stumpf werden.

Sie stirbt.

Sie wird zum Magen für ihre Kinder, und sie selbst wird zur Nahrung.

Und Jesus sagte zu denen, die um ihn her standen: „Ich bin das Brot des Lebens. Ich bin das lebendige Brot, das vom Himmel gekommen ist. Wer von diesem Brot ißt, der wird leben in Ewigkeit. Und dieses Brot ist mein Fleisch, das ich geben werde für das Leben der Welt.“

Nimm – und iß.

Dieser eine war anders als wir alle: gekocht an einem Kreuz.

Mein Herr! Mein Herr, wie kann das sein? Alle Welt schaudert und hat mich gelehrt, die Spinne zu verachten. Und doch war sie es, die mich deine Stimme hören ließ.

Der Aufschrei der ganzen Gemeinde

Das folgende Drama ist zur Aufführung am Sonntag der Passion bestimmt. Sein Ziel ist es, jeden Gottesdienstbesucher plötzlich entdecken (schmerzlich, eindrücklich, wahrhaftig entdecken) zu lassen, wie verwurzelt er in dem Drama Christi ist – so daß die Passionsgeschichte nicht mehr nur ein Anlaß zur Betrachtung, zur Analyse, zum Lernen und zur geschichtlichen Deutung ist; daß sie den Gottesdienstbesucher einhüllt, beim Namen nennt und daß sie in der Tat zu seiner eigenen Geschichte wird: zur Form seines Daseins.

Deshalb werden alle Sinne beteiligt: Gesicht und Gehör, der Rhythmus aus beidem – Musik und Bewegung –, und das Gefühl der Stimme des Anbetenden in seiner Kehle wie das Empfinden in seiner Brust. Dieses Drama hat kein Publikum. Alle sind Darsteller. Keiner ist objektiv. Alle sind subjektiv – es sei denn als Objekte der treibenden Liebe Gottes.

Es gibt vier Leser:

1. *Der Erzähler*, der sowohl die Erzähltexte als auch die Worte Jesu übernimmt.

2. *Der Darsteller des Judas*, der gleichzeitig den unbußfertigen Verbrecher verkörpert.

3. *Der Darsteller des Petrus*, der gleichzeitig jenen Verbrecher verkörpert, der bereut und die Verheißung des Herrn empfängt – so daß auf die Sünde die Vergebung folgt.

4. *Der Darsteller des Pilatus*, der auch die Texte der Pharisäer während des Einzugs in Jerusalem liest und später den Joseph von Arimathäa verkörpert – wodurch wiederum Vergebung signalisiert wird.

Die Gemeinde als Ganzes verlagert ihre Identität, so daß sie die typische Bekehrung eines Christen erfährt, die oft ein ausgedehnter, dramatischer Prozeß ist. Das heißt, sie beginnt mit dem unwissenden Lobpreis der Massen, die nicht wußten, was für eine Art von Messias dieser Jesus war. Dann verkörpern sie die Jünger, die den Herrn lieben, aber dennoch im Stich lassen. Als nächstes spielen sie die neutrale Rolle der Zuschauer, der Fragesteller, die Petrus durch ihre Neugier in Angst versetzen. Sodann sinken sie zu dem sündhaften Kreischen des manipulierten Volkes herab und rufen: „Kreuzigt ihn!"

Das ist für die Gemeinde die tiefste Ebene. Danach steigt sie wieder auf, um einen internen Konflikt auszuspielen: Männer und Frauen verteilen sich auf unterschiedliche Rollen. Die einen beklagen das Geschehen und beten um Vergebung, während die anderen eindeutig an der Tat teilnehmen. Im „Kreuzigt ihn!" haben sie gesündigt; in dieser Passage setzen sie zwar ihre Sünde fort, aber sie werden sich auch ihrer bewußt. Und das ist sicherlich ein schmerzhafterer Zustand, aber auch ein besserer, denn damit fängt das Bekennen an. Als nächstes erkennt die Gemeinde zusammen mit dem reuigen Verbrecher die Königsherrschaft, Macht und Herrlichkeit des Herrn, und schließlich stellt sie die Frauen dar, die abseits von dem Ereignis stehen und doch seine Zeuginnen sind. Zeuginnen!

In der wechselnden Rolle der Versammlung wird die Passion des Herrn ständig von der Harmonie des Vaterunser unterlegt, das die Leute immer wieder (durch ihre verstehende Erinnerung an diese bedeutsamen Worte) in eine anbetende Haltung führt – so daß nicht nur dem Mund und dem Verstand, sondern auch der Seele spürbar wird, was heute geschieht.

Es gibt auch *eine Tänzerin*. Sie hat den Chorraum, in dem sich außer dem Geländer und dem Altar keine Möbel befinden, für sich allein. Auch sie tritt nicht hinter das Geländer und zum Altar, bis zu dem Augenblick, in dem Jesus gekreuzigt wird – und dann bleiben ihre Füße fest verwurzelt stehen, und sie bewegt sich nur noch mit dem Oberkörper. Bei seinem Tod sinken ihr Kopf und ihr Oberkörper herab. Beim Begräbnis bricht sie vollends zusammen. Vor diesem Augenblick kann sie die Musikpassagen – insbesondere dann, wenn die Gemeinde singt – zu weiten Schritten und schnellen Bewegungen nutzen. Doch sie sollte ihre Darstellung auch variieren, so daß sie bisweilen beinahe in Pantomime übergeht. Zum Beispiel wird sie beim letzten Abendmahl während der Worte „Dies ist mein Leib" scheinbar aus ihrem eigenen Bauch heraus die Gabe ziehen, die sie dann anbietet. Und im passenden Augenblick wird sie langsam und traurig ihren Kopf drehen, um Judas anzusehen, um den Darsteller des Petrus anzusehen.

Während die Gemeinde mit Lesen und Singen beschäftigt ist, wird sie flüchtige Bilder dieser Tänzerin auffangen – und auf diese Weise wird sie eine bildhafte Verbindung zwischen Gemeinde und Tänzerin bewirken. Weil die Gemeinde sie nicht im Ganzen und ununterbrochen sehen wird, werden die Leute unbewußt die Leerräume ausfüllen. Und was die Vorstellungskraft dieser Leute ihrem Tanz hinzufügt, wird sehr unterschiedlich und eindrucksvoll sein.

Ich bitte, darauf zu achten, daß sie nicht den Christus spielt. Sie stellt vielmehr so gut wie möglich die Stimmungen und Schwankungen dar, die er durchgemacht haben muß. Sie verkörpert sowohl sein Leiden als auch seine Liebe. Darum ist sie eine Frau. Denn was immer auch in der Wahrnehmung unserer Gesellschaft richtig oder falsch sein mag, in der Liebe verstehen wir die Frau als aufopfernd, den Mann als aggressiv und als Bedrohung. In seiner Passion liebte Jesus wie eine Frau!

Es gibt auch *einen Trommler*. Er lehrt die Gemeinde seinen Rhythmus, indem er sehr langsam und leise beginnt, jedoch schneller und lauter wird, während sich das Drama entfaltet, und nach den Fersen der Leute schnappt wie ein Schäferhund, sie antreibt, rastlos macht und zu ihren Rufen: „Kreuzigt ihn! Kreuzigt ihn!“ einen Trommelwirbel ertönen läßt. In den letzten Phasen der Kreuzigung, kurz bevor Jesus stirbt, wird sein Trommelschlag zu einem Totenmarsch, schwer und unerträglich traurig. Im Augenblick des Todes verstummt er völlig – und diese Stille wird man *hören*. Sie wird sein wie die Tiefen des Raums, ein gefährliches Ding. Ich verspreche Ihnen: In diesem Augenblick wird kein Mitglied der Gemeinde auch nur einen Finger rühren, denn der Tod wird schwer auf ihren Herzen liegen.

Dazu kommt ein *Solosänger* – möglichst ein Tenor. Während der ersten drei Strophen seines Vortrages kann er von einem Klavier begleitet werden. Die letzte Strophe jedoch muß a capella gesungen werden, denn sie muß sehr einsam klingen. Während der ersten drei

Strophen – wie bei allen Passagen, die von der Gemeinde gesungen werden – fallen der Trommler und die Tänzerin in den Rhythmus ein.

Außerdem gibt es *einen Kinderchor*. Zusammen mit allen anderen Hauptdarstellern ziehen sie während des ersten Chorals durch die Kirche und nehmen ihre Positionen zum Singen ein. Ihre stille Anwesenheit wird die Aufmerksamkeit und Erwartung der Gemeinde auf sich lenken. Doch sobald ihr Vortrag beendet ist, setzen sie sich. Sie sollten das Lesen der Gemeinderolle geübt haben, denn sie werden dem Klang die Glaubwürdigkeit verleihen. Außerdem sollten die Kinder niemals vergessen werden! Sie wissen besser als wir, wie man eine Geschichte anhört und ihren Wert entdeckt. Die Theologie wird ihnen entgehen, aber das Drama wird sie ergreifen. Und ist es nicht so ohnehin besser? Ist die Theologie nicht einfach nur die Interpretation des Dramas?

Schließlich basiert der Text dieses Dramas im wesentlichen auf dem Lukasevangelium. Doch der Verfasser hat sich hin und wieder Freiheiten mit dem Text genommen.

Ach ja, und dies sollte nicht als außerhalb des Lehrplans stehend aufgefaßt werden: Dies ist wirklich Gottesdienst und Anbetung.

Gottesdienst für den Weg des Kreuzes

1. Der Einzug in Jerusalem

Vor dem Chorraum sind vier leere Lesepulte zu sehen. Alles ist leer. Ein leiser Wirbel auf der Trommel weckt die Aufmerksamkeit der Gemeinde, und aus diesem Rhythmus erhebt sich eine langsame, aus zwei Tönen bestehende Fanfare der Orgel und sinkt wieder herab. Bevor sie verstummt, während die letzten Noten noch lange ausgehalten werden, beginnt der Erzähler aus dem Hintergrund der Kirche zu lesen. Seine Stimme ist klar und bestimmt.

Erzähler: Als Jesus in die Nähe von Betfage und Betanien kam, an den Berg, der Ölberg heißt, schickte er zwei seiner Jünger voraus und sagte: Geht in das Dorf, das vor uns liegt. Wenn ihr hineinkommt, werdet ihr dort einen jungen Esel angebunden finden, auf dem noch nie ein Mensch gesessen hat. Bindet ihn los, und bringt ihn her! Und wenn euch jemand fragt: Warum bindet ihr ihn los?, dann antwortet: Der Herr braucht ihn.

(Während des nächsten Abschnittes der Lesung des Erzählers treten die Darsteller des Petrus und des Judas nach vorn an ihre Lesepulte.)

Erzähler: Die beiden machten sich auf den Weg und fanden alles so, wie er es ihnen gesagt hatte.

Gemeinde: Als sie den jungen Esel losbanden, fragten die Leute, denen er gehörte: Warum bindet ihr den Esel los?

Petrus: Sie antworteten: Der Herr braucht ihn. Dann führten sie ihn zu Jesus, legten ihre Kleider auf das Tier und halfen Jesus hinauf.

(Während der Erzähler den nächsten Abschnitt liest, spielt der Organist die Melodie des folgenden Chorals einmal durch, wobei er allmählich lauter wird, so daß der Erzähler seine Stimme immer mehr erheben muß.)

Erzähler (*schreitet langsam voran, gefolgt von der ganzen Gruppe der Darsteller und dem Kinderchor mit reichlich Abstand zwischen allen Mitwirkenden*): Während er dahinritt, breiteten die Jünger ihre Kleider auf der Straße aus. Als er an die Stelle kam, wo der Weg vom Ölberg hinabführt, begannen alle Jünger freudig und mit lauter Stimme Gott zu loben wegen all der Wundertaten, die sie erlebt hatten, und sagten:

Gemeinde (*singt diesen oder einen anderen Lobes-Choral, vorzugsweise einen mit messianischen Titeln, auf jeden Fall aber einen wohlbekannten. Eine exzellente Wahl wäre das traditionelle Sanctus, falls die Gemeinde es kennt und mit freudigem Schwung singen kann. In diesem Fall wird es zweimal durchgesungen, wobei der Organist zwischen den Strophen die Laut-*

stärke zurücknimmt, damit der lautstarke Wortwechsel zwischen dem Pharisäer und Jesus zu hören ist):

Hosianna! Davids Sohn kommt in Zion eingezogen.
Auf, bereitet ihm den Thron, setzt ihm tausend Ehrenbogen;
streuet Palmen, machet Bahn, daß er Einzug halten kann.

Hosianna! Sei gegrüßt! Komm, wir gehen dir entgegen.
Unser Herz ist schon gerüst, will sich dir zu Füßen legen.
Zieh zu unsern Toren ein, du sollst uns willkommen sein.

Hosianna! Friedefürst, Ehrenkönig, Held im Streite,
alles, was du schaffen wirst, das ist unsre Siegesbeute.
Deine Rechte bleibt erhöht, und dein Reich allein besteht.

Pharisäer (*schreit*): Da riefen ihm einige Pharisäer aus der Menge zu: Meister, bringe deine Jünger zum Schweigen! Sie nennen dich den Christus. Sag ihnen, sie sollen den Mund halten!
Erzähler (*mit lauter Stimme die Orgel übertönend*): Er erwiderte: Ich sage euch: Wenn sie schweigen, werden die Steine schreien.
Gemeinde (*singt zur lauter werdenden Orgel*):

Hosianna! Lieber Gast, wir sind deine Reichsgenossen,
die du dir erwählet hast. Ach so laß uns unverdrossen
deinem Zepter dienstbar sein, herrsche du in uns allein.

Hosianna! Steh uns bei, o Herr! Hilf, laß wohl gelingen,
daß wir ohne Heuchelei dir das Herz zum Opfer bringen.
Du nimmst keinen Jünger an, der dir nicht gehorchen kann.

Hosianna nah und fern! Eile, bei uns einzugehen.
Du Gesegneter des Herrn, warum willst du draußen stehen?
Hosianna, bist du da? Ja, du kommst, Halleluja!

(Alle haben jetzt ihre Positionen erreicht; die Kinder stehen der Gemeinde zugewandt und sind bereit zu singen.)

Erzähler: Als er näher kam und die Stadt sah, weinte er über sie und sagte: Wenn doch auch du an diesem Tag erkannt hättest, was dir Frieden bringt. Jetzt aber bleibt es vor deinen Augen verborgen. Es wird eine Zeit für dich kommen, in der deine Feinde rings um dich einen Wall aufwerfen, dich einschließen und von allen Seiten bedrängen. Sie werden dich und deine Kinder zerschmettern und keinen Stein auf dem andern lassen; denn du hast die Zeit der Gnade nicht erkannt.

Kinder: O Jerusalem, dein König kam, um Heilung dir zu bringen, und du versäumtest, seinem Namen Ehre, Preis und Dank zu singen.
Mit seiner Herrschaft wußtest du nichts anzufangen,
und die Kinder sangen:
Hosianna dem Sohn Davids! Hosianna! Hosianna! Hosianna!
Hosianna dem Sohn Davids! Hosianna! Hosianna! Hosianna
dem König, dem König, dem König, dem König.

(Dieses Lied beginnt wehmütig und erhebt sich dann zu freudigem Jubel. Es sollte in raschem Tempo gesungen werden, doch die letzten Worte sollten wieder traurig verklingen. Wenn möglich, können die Kinder zu ihren Sitzplätzen gehen, während sie die letzten Worte singen. Dadurch würde die Wirkung eines einsam verklingenden Echos entstehen.)

2. Die Vorbereitung und die Feier des Letzten Abendmahls

Erzähler: Das Fest der Ungesäuerten Brote, das Passa genannt wird, war nahe. Und die Hohenpriester und die Schriftgelehrten suchten nach einer Möglichkeit, Jesus unauffällig zu beseitigen; denn sie fürchteten sich vor dem Volk.

Judas: Der Satan aber ergriff Besitz von Judas, genannt Iskariot, der zur Zahl der Zwölf gehörte. Judas ging zu den Hohenpriestern und den Hauptleuten und beriet mit ihnen, wie er Jesus an sie ausliefern könnte. Da freuten sie sich und kamen mit ihm überein, ihm Geld dafür zu geben. Er sagte zu und suchte von da an nach einer Gelegenheit, ihn an sie auszuliefern, ohne daß das Volk es merkte.

Erzähler: Dann kam der Tag der Ungesäuerten Brote, an dem das Passalamm geschlachtet werden mußte. Jesus schickte Petrus und Johannes in die Stadt und sagte: Geht und bereitet das Passamahl für uns vor, damit wir es gemeinsam essen können.

Gemeinde: Sie fragten ihn: Wo sollen wir es vorbereiten?

Erzähler: Er antwortete ihnen: Wenn ihr in die Stadt kommt, wird euch ein Mann begegnen, der einen Wasserkrug trägt. Folgt ihm in das Haus, in das er hineingeht, und sagt zu dem Herrn des Hauses: Der Meister läßt dich fragen: Wo ist der Raum, in dem ich mit meinen Jüngern das Passalamm essen kann? Und der Hausherr wird euch einen großen Raum im Obergeschoß zeigen, der mit Polstern ausgestattet ist. Dort bereitet alles vor! Sie gingen und fanden alles so, wie er es ihnen gesagt hatte, und bereiteten das Passamahl vor.

(Die Tänzerin betritt unauffällig den Chorraum: Jesus beim letzten Abendmahl. Leise spielt der Organist „Wir wollen deinen Tod verkünden“, bis der Erzähler die Einsetzungsworte des Abendmahls vorgelesen hat, und verstummt abrupt unmittelbar vor den Worten „Doch seht, der Mann, der mich verrät...“ Die Tänzerin bewegt sich langsam und mit reiner Schlichtheit.)

Erzähler: Und als die Stunde gekommen war, begab er sich mit den Aposteln zu Tisch. Und er sagte zu ihnen: Ich habe mich sehr danach gesehnt, vor meinem Leiden dieses Passamahl mit euch zu essen. *(Die Tänzerin verdeutlicht das Angesprochensein der Gemeinde bei den Worten: mit euch!)* Denn ich sage euch: Ich werde es nicht mehr essen, bis das Mahl seine Erfüllung findet im Reich Gottes. Und er nahm den Kelch, sprach das Dankgebet und sagte: Nehmt den Wein, und verteilt ihn untereinander! Denn ich sage euch: Von nun an werde ich nicht mehr von der Frucht des Weinstocks trinken, bis das Reich Gottes kommt. Und er nahm Brot *(die Tänzerin zieht sich das Brot aus dem Leib)*, sprach das Dankgebet, brach das Brot und reichte es ihnen mit den Worten: Das ist mein Leib, der für euch hingegeben wird. Tut dies zu meinem Gedächtnis! Ebenso nahm er nach dem Mahl den Kelch und sagte: Dieser Kelch ist der Neue Bund in meinem

Blut, das für euch vergossen wird. *(Die Tänzerin dreht sich mit langsamem Feuer.)* Doch seht, der Mann, der mich verrät und ausliefert, sitzt mit mir am Tisch. Der Menschensohn muß zwar den Weg gehen, der ihm bestimmt ist. Aber weh dem Menschen, durch den er verraten wird.

Gemeinde: Da wurden sie traurig, und einer nach dem anderen fragte ihn: Doch nicht etwa ich?

Erzähler: Er antwortete: Der, der die Hand mit mir in die Schüssel getaucht hat, wird mich verraten. Für ihn wäre es besser, wenn er nie geboren wäre.

Judas: Da fragte Judas, der ihn verriet: Bin ich es etwa, Rabbi?

Erzähler: Jesus sagte zu ihm: Du sagst es.

(Einen Moment lang herrscht Stille, während der Judas-Darsteller sein Lesepult verläßt und nach hinten geht.)

Petrus *(mit abrupter Heftigkeit, noch bevor Judas ganz verschwunden ist):* Simon Petrus war empört. Aber nicht ich! sagte er. Und er verkündete: Und wenn alle an dir Anstoß nehmen – ich niemals!

Erzähler: Petrus, ich sage dir: In dieser Nacht, noch ehe der Hahn kräht, wirst du mich dreimal verleugnen.

Petrus: Da sagte Petrus zu ihm: Und wenn ich mit dir sterben müßte – ich werde dich nie verleugnen!

Gemeinde: Das gleiche sagten auch alle anderen Jünger.

(Diese Wortwechsel sollten in hektischem Tempo vor sich gehen.)

3. Die Qualen im Garten

Gemeinde (*singt, nachdem der Organist die Melodie einmal ohne Begleitung durchgespielt hat. Die Tänzerin stellt durch ihre Bewegungen den Gang zum Garten und dann Trauer dar*):

Herr, lenke unsre Herzen
und unsern ganzen Sinn
auf deine Angst und Schmerzen
und auf dein Opfer hin!

Erzähler: Dann verließ Jesus die Stadt und ging, wie er es gewohnt war, zum Ölberg; seine Jünger folgten ihm. Als er dort war, sagte er zu ihnen: Betet darum, daß ihr nicht in Versuchung geratet!

Gemeinde: Führe uns nicht in Versuchung, sondern erlöse uns, erlöse uns.

Erzähler: Dann entfernte er sich von ihnen ungefähr einen Steinwurf weit, kniete nieder und betete: Vater, wenn du willst, nimm diesen Kelch von mir! Aber nicht mein, sondern dein Wille soll geschehen.

Gemeinde: Unser Vater im Himmel, geheiligt werde dein Name. Dein Reich komme; Dein Wille geschehe. Dein Wille geschehe. Dein Wille geschehe...

Erzähler: Nach dem Gebet stand er auf, ging zu den Jüngern zurück und fand sie schlafend; denn sie waren vor Kummer erschöpft. Da sagte er zu ihnen: Wie könnt ihr schlafen? Steht auf und betet, damit ihr nicht in Versuchung geratet.

Gemeinde: Führe uns nicht in Versuchung, sondern erlöse uns von dem Bösen, auch von dem Bösen in uns selbst.

Judas (*während er wieder nach vorn geht, läßt die Tänzerin erkennen, daß sie sein Nahen bemerkt, und reagiert aus ihrem Abstand auf ihn, besonders während der Worte des Herrn. Doch keiner der Leser nimmt in irgendeiner Weise von der Tänzerin Notiz. Sie ist allein in ihrer Welt und benutzt die Leser und die Gemeinde als Brennpunkte*): Während er noch redete, kam eine Schar Männer: Judas, einer der Zwölf, ging ihnen voran. Er näherte sich Jesus, um ihn zu küssen (*Diese Worte mit dem Gesicht zur Gemeinde*).

Erzähler: Jesus aber sagte zu ihm: Judas, mit einem Kuß verrätst du den Menschensohn?

Judas: Judas sagte: Sei gegrüßt, Meister.

Gemeinde: Als seine Begleiter merkten, was ihm drohte, fragten sie: Herr, sollen wir mit dem Schwert dreinschlagen?

Petrus: Und einer von ihnen schlug auf den Diener des Hohenpriesters ein und hieb ihm das rechte Ohr ab.

Erzähler: Jesus aber sagte: Hört auf damit! Und er berührte das Ohr und heilte den Mann.

Gemeinde: Und vergib uns unsere Schuld, wie auch wir vergeben unseren Schuldigern.

Erzähler: Jesus sagte zu denen, die gekommen waren, um ihn zu ergreifen: Tag für Tag war ich bei euch im Tempel, und ihr habt nicht gewagt, gegen mich vorzugehen. Aber das ist eure Stunde, jetzt hat die Finsternis die Macht. *(Während dieser Passage sollte der Organist mit der Einleitung zum nächsten Liedvers beginnen, so daß die Gemeinde sofort nach den nächsten Worten des Erzählers zu singen beginnt.)* Darauf nahmen sie ihn fest.

4. Die Verurteilung

Gemeinde:

Du ließest dich verklagen,
du wardst verhöhnt, verspeit,
verspottet und geschlagen,
du, Herr der Herrlichkeit.

Erzähler: Darauf nahmen sie ihn fest, führten ihn ab und brachten ihn in das Haus des Hohenpriesters.

Petrus: Petrus folgte von weitem. Mitten im Hof hatte man ein Feuer angezündet, und Petrus setzte sich zu den Leuten, die dort beieinandersaßen.

Gemeinde: Eine Magd sah ihn am Feuer sitzen, schaute ihn genau an und sagte: Der war auch mit ihm zusammen.

Petrus: Petrus aber leugnete es und sagte: Frau, ich kenne ihn nicht.

Gemeinde: Kurz darauf sah ihn ein anderer und bemerkte: Du gehörst auch zu ihnen.

Petrus: Petrus aber sagte: Nein, Mensch, ich nicht!

Gemeinde: Etwa eine Stunde später behauptete wieder einer: Wahrhaftig, der war auch mit ihm zusammen: Er ist doch auch ein Galiläer.

Petrus: Petrus aber erwiderte: Mensch, ich weiß nicht, wovon du sprichst.

Erzähler: Im selben Augenblick, noch während er redete, krähte ein Hahn. Da wandte sich der Herr um und blickte Petrus an. *(Die Tänzerin dreht sich um!)*

Petrus: Und Petrus erinnerte sich an das, was der Herr zu ihm gesagt hatte: Ehe heute der Hahn kräht, wirst du mich dreimal verleugnen. Und er ging hinaus und weinte bitterlich.

(Stille für Petrus – während er durch die Kirche nach hinten geht, genau wie Judas es vor ihm getan hat!)

Erzähler: Die Wächter trieben ihren Spott mit Jesus. Sie schlugen ihn, verhüllten ihm das Gesicht und fragten ihn:

Gemeinde: Du bist doch ein Prophet! Sage uns: Wer hat dich geschlagen?

Erzähler: Und noch mit vielen anderen Lästerungen verhöhnten sie ihn. *(Pause, Kopf gesenkt; das Weitere mit gedämpfter, aber noch hörbarer Stimme, mit innerem Frieden der Gemeinde zugewandt: Es sollte ein Kontrast bestehen zwischen der Darstellung Jesu und seiner Ankläger sowie dieser kurzen Szene und der dramatischen, die darauf folgt. Der Rhythmus bleibt jetzt gleichmäßig, bis Pilatus Jesus seinen Feinden übergibt.)* Als es Tag wurde, versammelten sich die Ältesten des Volkes, die Hohenpriester und die Schriftgelehrten – als der Hohe Rat –, und sie ließen Jesus vorführen.

Gemeinde: Sie sagten zu ihm: Wenn du der Messias bist, dann sag es uns!

Erzähler: Er antwortete ihnen: Auch wenn ich es euch sage – ihr glaubt mir ja doch nicht; und wenn ich euch etwas frage, antwortet ihr nicht. Von nun an wird der Menschensohn zur Rechten des allmächtigen Gottes sitzen.

Gemeinde: Da sagten alle: Du bist also der Sohn Gottes.

Erzähler: Er antwortete ihnen: Ihr sagt es – ich bin es.

Gemeinde: Da riefen sie: Gotteslästerung! Was brauchen wir noch Zeugenaussagen? Wir haben es selbst aus seinem eigenen Mund gehört. Gotteslästerung! Oh, Gotteslästerung!

(Ein harter Schlag auf die Trommel signalisiert ihre Gegenwart; eine längere Pause vor dem zweiten Schlag, schon viel leiser, und dann der dritte, worauf der Erzähler sofort die nächste Szene beginnt, nachdem der Rhythmus der Trommel feststeht. Sie schlägt von nun an weiter, zuerst wie aus weiter Ferne, doch lauter, schneller, näher,

je weiter die Szene fortschreitet, bis sie auf der ersten Silbe der Worte „Kreuzige ihn, kreuzige ihn!" einen schrecklichen Höhepunkt erreicht. Der Rhythmus sollte einfach – Schlag, Schlag, Schlag – und gleichmäßig sein.)

5. Dämmerung des Freitags: Jesus vor Pilatus

Erzähler: Darauf erhob sich die ganze Versammlung, und man führte Jesus zu Pilatus.

Gemeinde: Dort brachten sie ihre Anklage gegen ihn vor; sie sagten: Wir haben festgestellt, daß dieser Mensch unser Volk verführt, es davon abhält, dem Kaiser Steuer zu zahlen, und behauptet, er sei der Messias und König.

Pilatus: Pilatus fragte ihn: Bist du der König der Juden?

Erzähler: Er antwortete ihm: Du sagst es.

Pilatus: Da sagte Pilatus zu den Hohenpriestern und zum Volk: Ich finde nicht, daß dieser Mensch eines Verbrechens schuldig ist.

Gemeinde: Sie aber blieben hartnäckig und sagten: Er wiegelt das Volk auf und verbreitet seine Lehre im ganzen jüdischen Land von Galiläa bis hierher.

Pilatus: Und als Pilatus erfuhr, daß Jesus ein Galiläer sei und aus dem Gebiet des Herodes komme, ließ er ihn zu Herodes bringen.

Gemeinde: Dort erhoben die Hohenpriester und die Schriftgelehrten schwere Beschuldigungen gegen ihn. Man trieb seinen Spott mit Jesus, ließ ihm ein Prunkgewand umhängen und schickte ihn so zu Pilatus zurück.

Pilatus: Pilatus sagte zu den führenden Männern des Volkes: Ihr habt mir diesen Menschen hergebracht und behauptet, er wiegle das Volk auf. Ich selbst habe ihn in eurer Gegenwart verhört und habe keine der Anklagen, die ihr gegen diesen Menschen vorgebracht habt, bestätigt gefunden. Ihr seht also: Er hat nichts getan, worauf die Todesstrafe steht. Daher will ich ihn nur auspeitschen lassen, und dann werde ich ihn freilassen.

Gemeinde: Da schrien sie alle miteinander: Weg mit ihm! Laß den Barabbas frei!

Erzähler: Barabbas! Ein Mann, der wegen eines Aufruhrs in der Stadt und wegen Mordes ins Gefängnis geworfen worden war.
Pilatus: Pilatus aber redete wieder auf sie ein, denn er wollte Jesus freilassen.
Gemeinde: Doch sie schrien: Kreuzige ihn, kreuzige ihn!
Pilatus: Warum? Was für ein Verbrechen hat er denn begangen? Ich habe nichts feststellen können, wofür er den Tod verdient. Deswegen will ich ihn auspeitschen lassen, und dann werde ich ihn freilassen.
Gemeinde: Sie aber schrien und forderten immer lauter, er solle Jesus kreuzigen lassen.
Erzähler: Und mit ihrem Geschrei setzten sie sich durch.
Pilatus: Pilatus entschied, daß ihre Forderung erfüllt werden solle. Er ließ den Mann frei, der wegen Aufruhr und Mord im Gefängnis saß und den sie gefordert hatten. Jesus aber lieferte er ihnen aus, wie sie es verlangten.

6. Freitagmorgen: Die Kreuzigung

Der Organist spielt einmal mit einem einzigen, schneidenden Register die Melodie der folgenden Liedstrophe durch und läßt den Gesang der Gemeinde gedämpft klingen.

Der Trommler hat seine Leidenschaft für eine Weile gedämpft und spielt nun nicht gegen, sondern mit dem Rhythmus und der Neigung des Gemeindegesangs, und so wird er sie während des ersten Teils dieser Szene begleiten und zwei Strophen lang traurig die Worte des Solosängers untermalen. Doch wenn der Wortwechsel zwischen den Männern und Frauen unter dem Kreuz beginnt, muß er ihnen die Spannung dieser Situation vorgeben, den schmerzlichen Konflikt zwischen dem Sündigen und dem Suchen nach Vergebung. Deshalb durchbricht er zum ersten Mal seinen einschlägigen Rhythmus und geht in einen frenetischen über, damit ihre Worte härter und mit rascherer Wucht hin und her geschleudert werden und sie einander allein mit ihren Worten auf die Füße treten und den Schmerz zu spüren bekommen.

Die Tänzerin betritt während der Prozession zum Kreuz und der Kreuzigung selbst zum ersten Mal den Altarraum und wendet sich dann der Gemeinde zu, indem sie sich unmittelbar vor den Altar stellt – die Arme ausgebreitet, jedoch den Oberkörper in Bewegung –, so daß sie sowohl die grausame Fesselung als auch die Schmerzen unseres Herrn zum Ausdruck bringt. Aber diese Qual darf nicht zu dramatisch dargestellt werden! Kopf und Schultern können sich winden, aber angedeutete Aktionen haben doppelte Kraft, vollständig ausgeführte Bewegungen oder naturgetreue Nachbildungen nur die halbe!

Gemeinde:
Du starbst, von Gott verlassen,
damit er bei uns sei,
mußtest im Tod erblassen,
damit vom Tod wir frei.

Erzähler: Jesus aber lieferte er ihnen aus, wie sie es verlangten.
Alle Männer: Als sie Jesus hinausführten, ergriffen sie einen Mann aus Zyrene namens Simon, der gerade vom Feld kam. Ihm luden sie das Kreuz auf, damit er es hinter Jesus hertrage.
Alle Frauen: Es folgte eine große Menschenmenge, darunter auch Frauen, die um ihn klagten und weinten.

(Der Kontrast von Männer- und Frauenstimmen wird unvermittelt eine neue Dimension einleiten: Wir, aber im Widerspruch zu uns selbst.)

Erzähler: Jesus wandte sich zu ihnen um und sagte: Ihr Frauen von Jerusalem, weint nicht über mich! Weint über euch und eure Kinder! Denn es kommen Tage, da wird man sagen: Wohl den Frauen, die unfruchtbar sind, die nicht geboren und nicht gestillt haben. Dann wird man zu den Bergen sagen: Fallt auf uns! und zu den Hügeln: Deckt uns zu! Denn wenn das mit dem grünen Holz geschieht, was wird dann erst mit dem dürren werden?
Solo *(Eine Pause. Das Klavier spielt leise eine Einleitung1 der Solist singt mit unendlicher Sanftheit, und er singt gerade dieses Lied nicht nur wegen seiner Bekanntheit solo, sondern auch, um zu*

betonen: Jetzt bist du da!): Warst du da, als sie kreuzigten den Herrn? Oh, oftmals schon ließ es mich erbeben, erbeben... Warst du da, als sie den Herrn kreuzigten?

(Der Pianist spielt leise den Refrain weiter, während der Erzähler den nächsten Abschnitt liest, so daß die Kreuzigung in Worten und Musik als ein einziges, ungebrochenes Ereignis dargestellt wird.)

Erzähler: Zusammen mit Jesus wurden auch zwei Verbrecher zur Hinrichtung geführt. *(An dieser Stelle kehrt der Petrus-Darsteller still durch den Mittelgang nach vorn zurück.)* Sie kamen zur Schädelstätte. Dort kreuzigten sie ihn und die Verbrecher, den einen rechts von ihm, den andern links.

Solo *(sofort)*: Warst du da, als sie schlugen ihn ans Holz? Oh, oftmals schon ließ es mich erbeben, erbeben . . . Warst du da, als sie schlugen ihn ans Holz?

(Trommler: der neue Rhythmus. Übergang während der nächsten Worte.)

Erzähler: Jesus aber betete: Vater, vergib ihnen, denn sie wissen nicht, was sie tun.

Alle Frauen: Vergib uns unsere Schuld.

Alle Männer: Dann warfen sie das Los und verteilten seine Kleider unter sich.

Alle Frauen: Vergib uns unsere Schuld.

Alle Männer: Die Leute standen dabei und schauten zu. Auch die führenden Männer des Volkes verlachten ihn und sagten: Anderen hat er geholfen, nun soll er sich selbst helfen, wenn er der erwählte Messias Gottes ist.

Alle Frauen: Vergib uns unsere Schuld.

Alle Männer: Auch die Soldaten verspotteten ihn. Sie traten vor ihn hin, reichten ihm Essig und sagten: Wenn du der König der Juden bist, dann hilf dir selbst!

Alle Frauen: Über ihm war eine Tafel angebracht. Auf ihr stand: Das ist der König der Juden.

Alle Männer: Vergib uns unsere Schuld. Vergib uns, o Herr, unsere Schuld!

Judas: Einer der Verbrecher, die neben ihm hingen, verhöhnte ihn: Bist du denn nicht der Messias? Dann hilf dir selbst und auch uns!

Petrus: Der andere aber wies ihn zurecht und sagte: Nicht einmal du fürchtest Gott? Dich hat doch das gleiche Urteil getroffen. Uns geschieht recht, wir erhalten den Lohn für unsere Taten. Dieser aber hat nichts Unrechtes getan. Dann sagte er: Jesus, denk an mich, wenn du in dein Reich kommst.

Gemeinde: Vergib uns unsere Schuld. Erlöse uns vom Bösen. Denn Dein ist das Reich . . .

Erzähler: Jesus antwortete ihm:

Gemeinde: Und die Kraft . . .

Erzähler: Amen, ich sage dir . . .

Gemeinde: Und die Herrlichkeit . . .

Erzähler: Heute noch wirst du mit mir im Paradies sein.

Gemeinde: In Ewigkeit. Amen!

Solo *(sofort, nachdem während der vorangegangenen Worte die Einleitung gespielt wurde.)*: Warst du da, als er sein Haupt neigte und starb? Oh, oft schon ließ es mich erbeben, erbeben . . . Warst du da, als er sein Haupt neigte und starb?

(Trommler: Während dieser Strophe warst du kaum zu hören. Jetzt kehrst du mit rasch zunehmender Intensität zurück und schlägst einen Totenmarsch, immer lauter, bis du bei dem Wort „Geist" einen letzten gequälten Schlag tust und dann verstummst.)

(Erzähler: Lies diesen Abschnitt mit ernsten Pausen, doch erhebe deine Stimme immer mehr, bis du, wenn Jesus mit lauter Stimme ausruft, aus Leibeskräften brüllst, aber langsam. Sieh die Gemeinde nicht an, sieh auf dein Manuskript. Bei „Geist" verstummst auch du völlig, wie ein Grab, so daß eine erschreckende, lange Stille eintritt. Dann sprich leise – als ob es tatsächlich eben erst geschehen wäre – die Todesworte. Auch hier mache eine Pause, bevor du der Gemeinde wieder das Wort erteilst. Dies ist ein kummervoller Augenblick, die Leute brauchen Zeit, um zu trauern.)

Erzähler: Es war etwa um die sechste Stunde, als eine Finsternis über das ganze Land hereinbrach. Sie dauerte bis zur neunten

Stunde. Die Sonne verdunkelte sich. Der Vorhang im Tempel riß mitten entzwei, und Jesus rief laut: Vater, in deine Hände lege ich meinen Geist! *(Stille. Verdammenswerte, ohrenbetäubende Stille.)*
Nach diesen Worten hauchte er den Geist aus.

(Pause. Die Tänzerin löst sich aus der verkrampften Position des letzten Schreis und sinkt sanft in den Tod.)

Und alle, die zu diesem Schauspiel herbeigeströmt waren,
Gemeinde: . . . und sahen, was sich ereignet hatte, schlugen sich an die Brust und gingen betroffen weg.
Alle Frauen: Alle seine Bekannten aber standen in einiger Entfernung vom Kreuz, auch die Frauen, die ihm seit der Zeit in Galiläa nachgefolgt waren und die alles mit ansahen.

7. Später Freitagnachmittag: Das Begräbnis

Solo (kein Klavier – nur die nackte Stimme: a capella, einsam): Warst du da, als sie ihn ins Grab legten? Oh, oftmals schon ließ es mich erbeben, erbeben . . . Warst du da, als sie ihn ins Grab legten?
Pilatus: Damals gehörte zu den Mitgliedern des Hohen Rates ein Mann, der Josef hieß und aus der jüdischen Stadt Arimathäa stammte; ein guter Mann, ein gerechter Mann, der sich nach dem Reich Gottes sehnte. Dieser Mann ging zu Pilatus und bat um den Leichnam Jesu. Und er nahm ihn vom Kreuz, hüllte ihn in ein Leinentuch und legte ihn in ein Felsengrab, in dem noch niemand bestattet worden war.
Erzähler: Das war am Rüsttag, kurz bevor der Sabbat anbrach.
Alle Frauen: Die Frauen, die mit Jesus aus Galiläa gekommen waren, gaben ihm das Geleit und sahen zu, wie der Leichnam in das Grab gelegt wurde. Dann kehrten sie zurück und bereiteten wohlriechende Öle und Salben.
Erzähler: Am Sabbat aber hielten sie die vom Gesetz vorgeschriebene Ruhe ein.
(Stille. Hinsetzen. Und Ende.)

Ein Choral, der zum Abschluß dieses Stückes hervorragend geeignet wäre, ist „O Haupt voll Blut und Wunden", weil er die Bilder dieser Geschichte sowohl aufgreift als auch verwandelt, sie zu einer reinigenden Geschichte macht und den Blick auf die Gute Nachricht in diesem schlimmen Ereignis richtet. Eine Gemeinde könnte sich an dieser Stelle ehrfürchtig auf das Abendmahl vorbereiten, begleitet vom Organisten mit „Anbetung dir! Sei hoch gepriesen." Doch viel mehr sollte man den Leuten nicht abverlangen. Sie werden sich in Stille ihrer Trauer widmen wollen.

Lilie

Drei Schwestern lebten am Rande eines Waldes, eine ältere, eine mittlere und eine jüngere. Den ganzen Tag über fingen sie das Licht der Sommersonne ein, denn sie wohnten an der Südseite dieses Waldes. Und jede von ihnen tat etwas anderes mit dem Tag und dem Licht.

Nur wenige bemerkten es, als die Älteste geboren wurde. Sie war von unauffälliger Art gewesen, eine schlichte, dünne Sprosse, die an einer überwucherten Stelle wuchs. Aber sie war mit einem starken Willen geboren worden, und sie sagte: „Ich werde dafür *sorgen*, daß sie mich bemerken!"

Also band sie sich die Haare hoch und machte sich an die Arbeit. Sie brachte eine Blume hervor, die wie ein Geldbeutel aussah, blaß und klein und unauffällig. Niemand bemerkte sie, und sie sagte: „Warte nur! Sie werden mich schon noch bemerken."

Sie machte sich an die Arbeit. Sie machte zehn von diesen Blumen und noch mehr, zwanzig, fünfzig, hundert und noch mehr, und sie hängte sie wie Socken ins Sonnenlicht – und immer noch bemerkte sie niemand. Aber sie sagte: „Ihr werdet schon sehen. Sie werden mich bemerken!"

Jede ihrer Blumen füllte sich mit dem Sonnenlicht, und dann war dies der Stoff, mit dem sie arbeitete. Den ganzen Tag lang mahlte sie das Sonnenlicht, als wäre es Fleisch, und sie knetete und drückte und schob und klopfte es, bis ihr die Wurzeln und der Stamm wehtaten. Wasser fügte sie hinzu und Zucker und Vitamine, wertvolle Zutaten, gesund, wenn auch nicht so schmackhaft wie Gewürze. Diese Schwester wußte nichts von Würze oder Begeisterung. So brachte sie aus dem Sonnenlicht und aus ungewöhnlich harter Arbeit eine Speise hervor: saftig grün und knackig, wenn man sie sofort aß, kernig und hart und gesund, wenn man bis später wartete.

Der Name dieser Schwester war Bohnenpflanze. Bald wurde sie von allen bemerkt. Mehrere hundert Mitglieder der Familie Vogel machten ihre Bekanntschaft und priesen die Früchte ihrer Mühe, indem sie alle aufpickten. Und die Eichhörnchen, die ihre Nüsse höflich und still nagend im Sitzen verspeisten, aßen mit ihr zu Abend. Und schon zuvor hatte die Schar der Kaninchen ihren Salat gepriesen. Alle bemerkten sie. Mit Sonnenlicht und Arbeit füllte sie tausend Mägen.

Und so kam es, daß sie sich hoch aufrichten und sagen konnte: „Seht ihr? Ich bin eine sehr wichtige Persönlichkeit. Wie kämen sie alle ohne mich aus? Sie kämen überhaupt nicht aus, überhaupt nicht! Sie brauchen mich!“

Die mittlere Schwester dagegen brachte nichts hervor. Sie hatte keine Neigung zum Weben oder Schnitzen, zum Kochen oder Nähen, zum Hämmern oder Nagen oder zu irgendwelcher Arbeit. „Ich“, sagte sie, „ich bin wichtig, so wie ich bin.“ Und sie warf ihr allerliebstes Lächeln in die Runde, und alle sagten: „Na sicher!“

Denn als Ringelblume geboren wurde, bemerkten es alle. Sie war einfach schön. Und als sie heranwuchs, brachen ihre Blüten hervor wie das Sonnenlicht selbst, goldgelb, voll und leuchtend, ganz und gar herrlich anzusehen. Großmutter Ulme sagte: „Oh!“ Ihre Tanten, die Weiden, allesamt alte Jungfern, weinten, als sie ein solches Leuchten in der Welt sahen. Hundert Freier – mit Namen Fichte – standen hinter ihr, hochgewachsen und hübsch, dunkel und grün. Und wenn sie mit dem Wind tanzte und sich in seinem Rhythmus drehte und in seinem Atemhauch zitterte, stöhnten die Fichten wie ein einziger Mann, weil sie nicht mit ihnen tanzte. Und was machte sie mit dem Sonnenlicht? Nun, sie stand darin, das war alles. Sie ließ sich davon bescheinen, und alle waren zufrieden. Glücklich, wer sie sah, dachte sie. Glücklich die Sonne, die sie berühren durfte, und am glücklichsten sie, daß ihr solche Aufmerksamkeit zuteil wurde.

Aber war sie nicht eigentlich noch großartiger als die Sonne? „Natürlich", seufzte sie und strich sich das Haar zurecht. „Ich bin umwerfend. Was wäre die Welt ohne mich?"

Manchmal unterhielten sich Bohnenpflanze und Ringelblume über ihre Schwester. Sie senkten nicht einmal ihre Stimmen, wenn sie das taten. Sie redeten über sie, als wäre sie gar nicht da. Sie war dumm, dachten sie, etwas beschränkt und hilflos. Was konnte es ihr schon ausmachen?

„Was soll nur aus Lilie werden?" sagten sie und schüttelten ihre Köpfe.

„Ja, was soll aus Lilie werden." Lilie war die Jüngste der drei.

Das Kind hatte nicht das Geringste, was zu seinen Gunsten sprach, weder Schönheit noch Geschicklichkeit. Sie war dick, flach und grün, ihre Zunge steif und schwerfällig. Sie konnte nicht im Wind tanzen und keinen Krumen Nahrung hervorbringen. Sie sah aus wie ein Spazierstock, den jemand in den Boden gesteckt und vergessen hatte. Es gab keinen Grund für sie, dazusein – überhaupt keinen! Ja, sogar sie selbst sagte: „Was soll aus Lilie werden?", als sie es gesagt hatten. Denn sie hatte selbst ihr ganzes Wesen erforscht und nichts von Wert gefunden.

Doch was ihre Schwestern am meisten beunruhigte, war Lilies Angewohnheit, mit der Sonne zu reden. Das Kind war verwirrt, verträumt und irregeleitet. Und mußte das nicht ein schlechtes Licht auf zwei Schwestern werfen, die es so weit gebracht hatten in der Welt? Sie mußten an ihren Ruf denken.

„Die Sonne ist gut für die Nahrung", sagte Bohnenpflanze zu ihr, „aber die Sonne kann nicht sprechen."

„Vielleicht nicht, vielleicht aber doch", sagte Lilie zur Verärgerung der vielbeschäftigten Schwester.

„Die Sonne ist gut für den Glanz", sagte Ringelblume zu ihr, „aber die Sonne kann nicht sprechen."

„Vielleicht nicht, vielleicht aber doch", sagte Lilie zur Verärgerung der schönen Schwester.

Lilie schien es, als ob die Sonne doch redete. Natürlich nicht in Worten, die man hätte hören können. Ihr Reden lag in dem, was sie tat. Wenn sie am Morgen aufging und aus dem grün erleuchteten Osten zu ihr herüberblinzelte, dann war das, als sagte sie „Guten...“, und Lilie antwortete „... Morgen“, und dann sagten sie gemeinsam „Guten Morgen“. Und wenn sie am Himmel nicht eine Sekunde lang innehielt, sondern ihn langsam, unaufhaltsam, sicher überquerte, so daß man sich absolut auf sie verlassen konnte, dann schien sie ihr zu sagen „Guten ... “, und sie erwiderte „... Tag“, und dann sagten sie gemeinsam „Guten Tag“. Und wenn sie sich in ihr purpurnes Bett im Westen legte und ganz groß wurde, bevor sie das Licht ausknipste, als würde sie sich strecken und gähnen, dann schien sie zu sagen „Gute...“. Und dann sagte Lilie niemals, niemals „Reise“, denn wenn die Sonne für immer fortginge, wäre sie sehr traurig. Nein, sie sagte „... Nacht“. Und so sagten sie gemeinsam „Gute Nacht“.

Das ist es, was Lilie mit der Sonne machte: Sie unterhielt sich mit ihr. Und was die Sonne ihr sagte, hieß immer: „Siehe, es ist sehr gut!“ Und ihre Antwort sagte, was sehr gut war – und das war schon etwas; denn die Worte ihrer Schwestern waren immer nur: „Unnütz und häßlich, faul und gewöhnlich und ganz und gar wertlos.“ Doch Lilie hörte nie auf, der Sonne zuzuhören, so sehr die Schwestern sie auch verspotteten. Denn sie dachte, die Sonne würde eines Tages vielleicht zu ihr sagen: „Ich liebe dich“, und das wollte sie auf keinen Fall versäumen; wußte sie doch in ihrer Seele, daß sie eine ganz unwichtige Person war. Aber die Liebe konnte das ändern.

„Die Sonne ist kein Jemand“, sagten Bohnenpflanze und Ringelblume.

Und Lilie sagte: „Vielleicht nicht, vielleicht aber doch.“

Und ihre Schwestern sagten: „Ach! Du bist unmöglich!“

Und Lilie sagte: „Das stimmt.“

Dann geschah es, daß eine Traurigkeit Lilie überfiel, und dadurch wurde sie ihren Schwestern nur noch lästiger. Eine dumme Lilie war eine Sache. Eine traurige Lilie eine ganz andere.

Tau, schien es, lag auf dem Blatt des armen Kindes. Tautropfen. Das waren ihre Tränen.

„Beschäftige dich“, sagte Bohnenpflanze, „dann hast du keine Zeit mehr zum Jammern.“

„Eine nette Bescherung“, sagte Ringelblume. „Durch mein strahlendes Lächeln kann ich die ganze Welt glücklich machen – nur meine Schwester nicht, nur meine eigene kleine Schwester nicht. Wie stehe ich denn vor meinen Freiern da? Es könnte Gerede geben, weißt du?“

Bohnenpflanze sagte: „Schon gut, schon gut! Was ist überhaupt mit dir los?“

Lilie schluchzte. Dann sprach sie flüsternd die tiefe Sorge ihres Herzens aus. „Ich glaube“, sagte sie, „die Sonne stirbt.“

„Die *Sonne!*“ riefen die Schwestern gleichzeitig. „Lilie, du träumst auch die seltsamsten Dinge!“

„Die Sonne tut ihre Pflicht“, sagte Bohnenpflanze.

„Die Sonne scheint auf alles Schöne“, sagte Ringelblume.

„Wie kommst du auf den Gedanken, sie könnte sterben?“ fragten sie.

„Sie hat es mir gesagt“, sagte Lilie.

„Die Sonne kann doch nicht sprechen!“ kreischten die Schwestern.

„Vielleicht nicht, vielleicht aber doch“, sagte Lilie. „Aber sie ist heute schwächer als gestern und steht niedriger am Himmel als vor einer Woche, und sie ist nicht mehr so lange vom Osten zum Westen unterwegs, und dadurch sagt sie mir: ‚Ich sterbe, Lilie, ich sterbe!‘“ Die arme Lilie brachte die Worte kaum heraus, dann senkte sie den Kopf und weinte.

Die Schwestern blickten unsicher zum Himmel, blinzelten und maßen und – mußten Lilie zustimmen. Fakten waren schließlich Fakten: Die Sonne sank tiefer.

„Tja“, sagten die Schwestern, „na und? Was soll's, wenn sie am Ende ist? Wir kommen ohne sie genauso gut aus.“

„Aber“, sagte Lilie, „ich liebe sie. Sie beobachtet mich. Oh, Bohnenpflanze, wie könnte ich ohne sie leben?“

„Lilie, sei kein Einfaltspinsel!“ sagte Bohnenpflanze. „Die Sonne ist kein Jemand, und damit hat es sich. Wenn du mich jetzt entschuldigen willst, ich habe zu tun.“

Und sie machte sich an die Arbeit.

Bohnenpflanze begann, sich um die Erhaltung ihrer Reichtümer zu kümmern. Sie trocknete sie und packte sie ein, hüllte sie in zähe, braungelbe Häute, so lang wie Hexenfinger, und hängte sie an Zweige über dem Boden, und das waren ihre Schoten. „Denn", sagte sie, „eigentlich brauche ich die Sonne überhaupt nicht. Ich habe meinen Verstand und meine Tüchtigkeit und meine Gesundheit. Ich bin auch ganz allein eine sehr wichtige Person. Mir ist es völlig egal, wenn die Sonne verschwindet." Vielbeschäftigte Bohnenpflanze! Sie lagerte ihre Reichtümer in größeren Scheunen und wartete und wünschte, ihre Schwester würde nicht weinen.

Ringelblume tat gar nichts.

Sie überprüfte ihre leuchtend goldenen Blüten. Sie sah hinter sich auf den Boden, sah dort einen Schatten und sagte: „Den habe ich gemacht." Sie bemerkte die Stellung des Grases, das ganz braun war und sich neigte – vor ihr, wie es ihr erschien –, und sie sagte: „Das habe ich gemacht." Sie berührte ihre Wange und stellte fest, daß sie warm war. Und aus all diesen Hinweisen schloß sie, daß sie selbst so hell strahlte wie die Sonne, daß sie ihr eigenes glänzendes Licht war. „Und deshalb", sagte sie, „zum Kuckuck mit der Sonne! Es wird Zeit, daß ich alleine leuchte und frei bin vom Wettstreit. Ich bin eine sehr wichtige Person." Schöne Ringelblume. Sie strich sich ihr Haar zurecht und wartete darauf, daß der ganze Wald ihr bestätigte, daß sie wirklich umwerfend war. Und sie wünschte, ihre Schwester würde nicht weinen.

Es warf einen Schatten auf ihren Ruf.

Doch Lilie konnte ihre Tränen nicht zurückhalten. Denn die Sonne seufzte Tag für Tag, jeden Tag schwächer als am Tag zuvor. Und wenn die Sonne sich am fernen Horizont in ihr Bett fallen ließ und „Gute..." sagte, dann flüsterte die arme Lilie „... Reise". Sie sagten gemeinsam „Gute Reise". Lilie kannte die Wahrheit.

Und sie kannte auch die tiefste Wahrheit von allen, denn die Sonne war sehr groß, und die Sonne hatte ihr gesagt: Wenn sie stirbt, würden alle mit ihr sterben. Nicht eines würde am Leben bleiben. Und so merkwürdig es klingen mag: Lilie nahm diese Todesbotschaft bereitwillig an; ja fast froh, denn sie dachte, daß sie dann nicht einsam sein würde, wenn die Sonne nicht mehr da wäre.

Ein Mörder kam, sagte die Sonne, ein Mörder, so kalt, so grausam, wie es selten einen auf der Erde gegeben hat.

Nur aus diesem Grund brachte Lilie es über sich, „... Reise“ zu sagen, wenn die Sonne „Gute ...“ gesagt hatte.

Doch als sie ihren Schwestern diese traurige Neuigkeit erzählte, sagten die nur „Quatsch, Lilie!“ Völlig ungerührt, denn sie sagten: „Niemand würde jemanden töten, der seine Pflicht so gut tut wie ich“, und sie sagten: „Niemand würde es wagen, solche Schönheit zu zerstören“, und sie sagten: „Schließlich sind wir sehr wichtige Personen.“

Und so mühte sich Bohnenpflanze rechtschaffen ab.

Und Ringelblume posierte auf das anmutigste.

Und Lilie weinte über das, was kommen würde. Die arme Lilie weinte allein.

Noch einmal, bevor die Sonne Lilie verließ, sprach sie ein Wort zu Lilie. Es war ein Wort des Morgens und eines, das sie schon immer gesprochen hatte. Aber es war Lilie noch nie so wichtig gewesen wie jetzt, und sie hatte es noch nie so deutlich gehört. Vielleicht war sie auch einfach nur zu jung, zu naiv gewesen. Vielleicht hatte sie noch nicht genug gelitten, um es hören zu müssen. Um die Wahrheit zu sagen – es verringerte ihre Trauer nicht, denn die Sonne starb tatsächlich. Doch es beruhigte ihr Herz in all der Trauer, und sie hörte auf zu weinen und verstummte. Das Wort lautete „Wieder“.

Doch Lilie war immer anders als ihre Schwestern. Sie tat nie, was man von ihr erwartete, dachten sie, und dumm war sie.

Denn nun, als Lilie still war, kreischten die Schwestern.

Die Familie Vogel, die sich bei Bohnenpflanze ihre Nahrung holte, wurde zusehends kleiner. Und als Bohnenpflanze sie fragte, was aus ihren Verwandten geworden sei, ihren guten Freunden, da schrien sie: „Mörder! Mörder!“ und flogen, so rasch ihre Flügel sie trugen, nach Süden. Erst als sie überhaupt nicht mehr kamen, glaubte Bohnenpflanze ihnen endlich, und sie begann zu kreischen.

Der Wind, der mit Ringelblume gespielt und um ihre Blüte getanzt hatte, fegte nun mit furchtbarer Geschwindigkeit vom Norden heran, als habe er vor etwas Angst, riß ihr die Blütenblätter vom Kopfschmuck und entkleidete sie bis zu einer schändlichen Nacktheit – ganz und gar rücksichtslos seiner einstigen Geliebten gegenüber. „Paß auf!“ schrie Ringelblume, während sie versuchte, ihre Farben einzufangen. „Warum bleibst du nicht mehr stehen? Warum siehst du mich nicht mehr an?“

„Der Mörder“, stöhnte der Wind, „ganz dicht hinter mir! Oh, der Mörder!“ Und als der Wind in seiner Raserei ihren Stengel geknickt hatte, da glaubte Ringelblume ihm endlich, und sie begann zu kreischen.

„Es ist nicht gerecht!“ kreischte Bohnenpflanze, die erstaunlich dünn geworden war und zitterte. „Ich habe mein ganzes Leben lang gearbeitet, habe allen Speise gebracht, bin gut gewesen, gut gewesen! Gott, ich bin gut gewesen! Das müßte mir doch angerechnet werden. Nicht ich! Mich darfst du doch nicht sterben lassen!“

„Es ist schon gut“, sagte Lilie, die ihre Schwester nur allzugern getröstet hätte.

Die arme Bohnenpflanze flehte: „Dann muß ich also nicht sterben?“

„Doch, du wirst sterben“, sagte Lilie, „und ich bin sehr traurig darüber.“

Dann wollte sie ihrer Schwester sagen, was die Sonne gesagt hatte, doch Bohnenpflanze kreischte: „Dann ist es *nicht* schon gut! Es ist ein *Betrug* an jemandem, der seine Schuldigkeit getan hat!“

Doch Ringelblume mit ihren frechen Lippen konnte lauter kreischen als alle anderen.

„Ich will nicht sterben!“ schrie sie, als ob das etwas genützt hätte. „Die alten Weidenjungfrauen – sollen die sterben! Die Großmütter Ulmen sind alt und können sterben. Aber ich, ich bin umwerfend! *Ich will nicht sterben!*“

„Es ist schon gut“, sagte Lilie, der auch die andere Schwester leidtat.

„Ach du!“ schrie Ringelblume. „Was weißt du denn schon?“

„Daß die Sonne ‚Wieder‘ gesagt hat“, meinte Lilie leise.

„Deine Sonne ist rachsüchtig und eifersüchtig!“ schrie Ringelblume.

Lilie flüsterte: „Sie kommt wieder!“

Doch ihre Schwestern stimmten ein so lautes Gejammer an, daß

Lilies Flüstern darin unterging. Sie senkte ihren Kopf; unendlich traurig. Und sie verabscheute den Mörder. Doch in ihrem tiefsten Innern war sie ganz still.

Und so kam er.

Der Mörder kam grau, wie sie es gesagt hatten – aus dem Norden, gehüllt in schreckliche Gewänder. Und so tötete er: Er tötete durch Küsse.

Er küßte Bohnenpflanze mitten in einem Schrei und schnitt sie ab, so daß nur noch ihre Knochen über dem Boden aufragten, zitternd im Tod.

Ringelblume sah es, und sie verbarg ihr Gesicht in der Erde. Es nützte ihr nichts. Er sank in die Erde und stieg um ihre Wurzeln herum auf, ließ sie gefrieren und berührte ihren hübschen Kopf, und sie schrie immer noch: „Nein!", als er sie mit einem Kuß zum Schweigen brachte. Nein, nichts hielt ihn auf, und nichts beschützte die Lebenden, denn er war überall. Sein Name war Winter, todesweiß und mächtig. Er umarmte die Weiden bis zum Tod, ließ die Gewässer versteinern und hüllte den Himmel in Rauch.

Nur Lilie sah ihn direkt an, als er kam, und verabscheute ihn. Nur Lilie blieb still, als er ihr das Leben aussaugte.

Denn sie hatte die Sonne sagen hören: „Wieder."

Ostern des folgenden Jahres wuchs eine schlichte weiße Lilie auf der Wiese am südlichen Waldrand.

Denn die Sonne war gekommen und hatte ihren Leichnam geküßt, und so hatte sie gesagt: „Ich liebe dich."

Dann war die Blume zu einer weißen Haube aufgebrochen.

Und so sagte sie: „Ich liebe dich auch."

Zweiter Teil: Der Knecht Christi

Die Zeit in der Stadt

Dann sprach Jesus zu ihnen: Das sind die Worte, die ich zu euch gesagt habe, als ich noch bei euch war: Alles muß in Erfüllung gehen, was im Gesetz des Mose, bei den Propheten und in den Psalmen über mich gesagt ist. Darauf öffnete er ihnen die Augen, so daß sie die Schrift verstanden. Er sagte zu ihnen: So steht es in der Schrift: Der Messias wird leiden und am dritten Tag von den Toten auferstehen, und in seinem Namen wird man allen Völkern, angefangen in Jerusalem, verkünden, sie sollen umkehren, damit ihre Sünden vergeben werden. Ihr seid Zeugen dafür. Und ich werde die Gabe, die mein Vater verheißen hat, zu euch herabsenden. Bleibt in der Stadt, bis ihr mit der Kraft aus der Höhe erfüllt werdet.

Dann führte er sie hinaus in die Nähe von Betanien. Dort erhob er seine Hände und segnete sie. Und während er sie segnete, verließ er sie und wurde zum Himmel emporgehoben. Sie aber fielen vor ihm nieder. Dann kehrten sie in großer Freude nach Jerusalem zurück. Und sie waren immer im Tempel und priesen Gott.

Denen unter Ihnen, die heute ihren Abschluß feiern, denen, die mich eingeladen haben, an dieser Stelle zu sprechen, gilt meine Dankbarkeit. Aufrichtig. Große Dankbarkeit kommt aus großer Demut, und ich bin in diesem Augenblick gedemütigt – denn was könnte jemand, der Ihnen so nahe ist, noch Neues zu Ihnen zu sagen haben? Ich könnte mir wünschen, viele Jahre auf den Schultern zu haben, Silber in den Haaren und Weisheit auf meinem Haupt für eine Gelegenheit wie diese. Weil mir dies alles fehlt, kann ich Ihnen nur mich selbst anbieten.

Und ich werde meine Worte an Sie von den letzten Zeilen des Lukasevangeliums bestimmen lassen: wie die Jünger vor der Himmelfahrt ihres Herrn einen Augenblick brennender Reinheit erlebten; wie sie ein Geschenk bekamen und einen Befehl.

Rein war für diesen einen Augenblick ihre unmittelbare Beziehung zu Jesus, der ihnen ein letztes Mal von Angesicht zu Angesicht gegenüberstand. Der lange Kampf dieser Beziehung war zu einer Art Höhepunkt gelangt: Von nun an würden sie nicht in erster Linie Beobachter, sondern Zeugen sein.

Rein war vor dem Abschied die Gemeinschaft derer, die unter der leuchtenden, anspruchsvollen Anleitung des Herrn gelernt hatten. In diesem Augenblick waren sie noch sie selbst. Doch in den kommenden Tagen würden sie als Prediger in alle Winkel der Erde verstreut, würden alle verschiedene Namen tragen, unterschiedlichen Berufungen folgen, unterschiedliche Erlebnisse hinter sich haben und verschiedene Tode sterben.

„Rein“ schließlich war auch der Abschluß ihrer Ausbildung; denn nun war ihr Verständnis geöffnet für die Schrift, für den Christus und seine Taten und für den Sinn und Zweck ihres Predigens. Sie waren hervorragende Exegeten. Es war fast wie ein Studienabschluß.

Und dann ... dann gab ihnen der Herr ein Geschenk. Bitte achten Sie darauf, daß Sie genau erkennen, welches Geschenk die Jünger in diesem Augenblick erhalten. Es war nicht die Kraft aus der Höhe – es war die *Verheißung* der Kraft aus der Höhe. Die *Verheißung* konnten sie mit sich nehmen; mit der *Verheißung* konnten sie sich trösten; in der *Verheißung* konnten sie mutig ans Werk gehen, denn darin wurde ihnen versichert, daß die Kraft zur rechten Zeit kommen würde. Dennoch würden sie alle mit einem tiefen Gefühl persönlicher Schwäche gehen und leben und handeln, denn die Verheißung war nicht die Kraft selbst.

Und auch der Ort, an den sie gehen sollten – um dort zu bleiben und in ihrer Schwäche zu warten –, wurde ihnen vom Herrn genannt. Denn so lautete sein Befehl: in der Stadt. Nach dem wunderbaren Moment der Reinheit, doch bevor ihr die Kraft empfangt, die noch kommen wird, wartet in der Stadt...

Mein Gesicht brannte, als ich ordiniert wurde. Das ist tatsächlich so gewesen – kein Bild, keine Metapher. Mein Gesicht wurde hellrot und brannte.

Die Leute haben wahrscheinlich gedacht: „Walt ist aufgeregt. Sieh mal, wie rot er im Gesicht ist.“ Es war das Ende meiner zweijährigen Ausbildung in der Erlöserkirche in Evansville. David Wacker hatte mich in den zwei Jahren betreut. Diese Gemeinde war meine Schule gewesen, dieser Mann mein Lehrer. Und jetzt diese Zeremonie des Endes und des Anfangs; mit Musik und Predigt, Lichtern, Blumen, Ritualen, Lärm. Mein Platz war mitten in der ersten Reihe und meine Person der einzige Anlaß für die ganze Versammlung. „Walt ist aufgeregt...“

Doch ich wußte schon damals, daß es nicht die Aufregung über diese Feier war, die das Feuer in mein Gesicht trieb. Denn es war in jedem Fall mehr als nur ein Erröten.

Das Brennen rührte daher: Endlich in meinem langen heftigen Kampf mit dem Herrn Jesus Christus hatte das Kämpfen selbst aufgehört. Einen Augenblick lang hatte diese Beziehung eine gewisse Reinheit erreicht. In jenem Moment schwankte mein Glaube nicht zwischen Ja und Nein, und auch meine Berufung schwankte nicht zwischen Ja und Nein – wie es jahrelang der Fall gewesen war. Mein Herr war Herr und mein, meine Berufung kristallklar!

Sehen Sie, mein Glaube war die Flamme in meinem Gesicht.

Und das Brennen kam daher: Ich saß inmitten von Leuten, mit denen zusammen ich gelernt und gelacht hatte, geredet, versagt und geweint. Leute, gegen die ich gesündigt hatte, von denen ich Vergebung empfangen hatte, unter denen ich gebrüllt, gelebt und geliebt hatte. Und in jenem Moment hatte unsere Gemeinschaft eine gewisse Reinheit erreicht, eine Stille der Freude. Dort stand Joselyn Fields – eine Frau mit tiefdunkler Haut und blitzenden weißen Augen – und dirigierte den Chor bei dem Lied: „Isaiah, Mighty Seer in Days of Old“. Mit ihrer Musik, ihrer Liebe und ihrer Feierlichkeit berührte sie meine Lippen mit glühenden Kohlen vom Altar.

Sehen Sie, mein Gesicht brannte von der lebendigen Liebe der Menschen um mich her.

Und schließlich! Das Brennen rührte daher: Meine Ausbildung war zu einem Abschluß gekommen. Meine Kenntnisse wurden auf die Probe gestellt. Mein Verständnis für die Schrift war geöffnet worden, und der Lehrer, dem ich das vor allen anderen zu verdanken hatte, sah in diesem Augenblick lächelnd und stolz auf seinen Schützling herab. Zu David Wacker, zu diesem Hünen an der rechten Seite des Altarraums, ging ich, als mein Eid gesprochen war. Und wir fielen uns um den Hals, und wir weinten, und mein Gesicht brannte.

Eine dreifache Liebe erleuchtete mein Gesicht. Die Liebe zu meinem Herrn, der so nahe war. Die Liebe zu den Menschen, die mir so kostbar waren. Und die Liebe zu dem Wissen Christi in Worten, in dem Wort und in der heiligen Gestalt meines Lehrers.

Und das war noch nicht alles.

Irgendwie empfing ich diese Hitze im Gesicht als ein Zeichen von Gott, daß er seinen Geist auf meinen Dienst legen würde. Das ist die Wahrheit. Ich sagte zu mir selbst: „Ich werde mich daran erinnern, daß mein Gesicht gebrannt hat. Ich werde mir dieses Zeichen bewahren." Die Verheißung der Kraft aus der Höhe. Ich war dankbar dafür.

Doch dann kam der Montag, und die Feierlichkeiten waren vorbei. Und die Musik, der Augenblick, das Licht und das Leuchten auf meinem Gesicht waren dahin und hatten sich in Erinnerung aufgelöst.

Ich begann meinen Dienst in der kleinen Gnadenkirche, Innenstadt, zwanzig Kirchenbänke, ein winziges Arbeitszimmer, aber immerhin doppelt so groß wie der Schreibtisch darin, mit Wänden, von denen der Putz auf eben diesen Schreibtisch bröckelte.

Nur gut, daß ich mir versprochen hatte, mich an die Verheißung zu erinnern. Ich hatte es nötig, denn statt die Kraft zu erfahren, erfuhr ich mehr als alles andere die Stadt.

Meine ersten Predigten schienen von einer gewissen inneren Kraft beseelt zu sein. Ich predigte, dachte ich, mit viel Schwung. Und ich war besonders befriedigt zu sehen, daß die wackere Joselyn Fields Sonntag für Sonntag hinter der Orgel ihren Kopf neigte, nickte, sich das Kinn rieb, meditierte. Sie war eine Frau von unerschütterlicher Entschlossenheit, ebenholzhartem Willen und rückhaltloser Offenheit. Wenn ihr etwas nicht gefiel, dann hielt sie mit ihrem Mißfallen auch nicht hinter dem Berg. Was ihr gefiel, das bekam ihr Nicken und ihre Aufmerksamkeit. Und wenn ich die Organistin mit meiner Predigt gepackt hatte, dann hatte ich gewiß alle gepackt.

Doch seltsamerweise kam sie nach den Gottesdiensten mir gegenüber niemals auf meine Predigten zu sprechen.

Dann kam der Sonntag, an dem ich beschloß, meine Predigt ganz und gar an sie zu richten. Ich meine, ich sah sie an, während sie hinter ihrer Orgel nickte. Ich entfernte mich sogar von der Kanzel und schlich mich an sie heran. Ich lächelte. Ich spähte über den Rand der Orgel – und was sah ich? Die Frau las Noten. Nickend, meditierend, wählte sie die Begleitmusik für das Oratorium aus.

Prediger können sich sehr einsam fühlen.

„Mrs. Fields", sagte ich hinterher, „wie fanden Sie die Predigt?"

Sie musterte mich mit zusammengekniffenen Augen und beschloß, ihre Meinung kundzutun. „Ich kenne Prediger", sagte sie, „die einen lauten Lärm vor dem Herrn machen. Bitte tun Sie das auch! Ich kann Sie nicht verstehen."

Ich war in der Stadt.

Die Gemeinde der Gnadenkirche bestand, von mir einmal abgesehen, nur aus Schwarzen. Während jenes ersten Sommers gab es in Evansville heftige Spannungen zwischen den Rassen, die sich immer mehr steigerten, bis in der Nähe der Kirche Unruhen ausbrachen. Die Nachricht brachte mich in Bedrängnis, weil ich damals in einiger Entfernung wohnte. Meine eigenen Leute waren in den Aufruhr hineingeraten und mußten sich hinter Polizeibarrikaden verschanzen. Schlimmer noch, ich war völlig ahnungslos, was ich tun sollte; Straßenschlachten gehörten nicht zum Lehrplan auf dem Seminar. Schließlich band ich mir meinen Kragen um den Hals – immerhin war das so eine Art Dienstmarke – und machte mich bereit, mich in die Höhle des Löwen zu begeben, um mich in dieser Krise als Pastor zu erweisen oder aber mein Anrecht auf die Pastorenschaft gänzlich zu verwirken.

Dann läutete das Telefon. Es war Joselyn Fields.

Sie sagte: „Sie wollen doch nicht etwa herkommen, oder?"

Ich sagte: „Ich muß!"

Sie sagte: „Bleiben Sie zu Hause!“

„Warum?“ fragte ich. Mein Dienst, verstehen Sie? Mein Dienst stand auf dem Spiel.

„Die werden Sie abstechen!“ sagte sie.

Und ich fragte: „Warum?“

„Mann“, sagte sie, „weil Sie ein Weißer sind.“ Und damit legte sie auf.

Ich war in der Stadt.

Ich war mitten im gewöhnlichen Leben gewöhnlicher Menschen: *Das* war die Stadt. Und ich hatte mir noch nicht das Recht erworben, ein wirksames, geachtetes Wort an die Menschen in ihren Gemeinschaften zu richten, das in ihre ganz alltäglichen Angelegenheiten hineinsprach. Diesen höheren Rang mußte ich mir erst noch verdienen – und das brauchte seine Zeit.

Auch die Sprache der Stadt oder ihre Gesetze hatte ich noch nicht gelernt; ihre Geschichte, ihre Traditionen, die Quellen ihrer Kraft, die Art und Weise, wie in ihr nicht nur Güter vermarktet wurden, sondern auch gute Gefühle: Ideen, Zorn, Liebe, Klagen. Diese Ausbildung mußte ich erst noch abschließen – und das brauchte seine Zeit.

Aber die Stadt war ein kalter Schock für jemanden, dem das Gesicht gebrannt hatte. Denn die Stadt holt den Zeugen auf den Boden der Wirklichkeit. Statt sich an guter Gemeinschaft zu weiden, ist der Zeuge nun auf sich allein gestellt. Statt sich am Wissen zu weiden, kommt sich der Zeuge nun ziemlich ahnungslos vor. Mit einem Wort: Der Zeuge kommt ganz und gar kraftlos in die Stadt.

Wie ungemein wichtig ist es da, daß der Zeuge, der in die Stadt geschickt wurde, sich der Verheißung der kommenden Kraft aus der Höhe erinnert!

Und nun Sie!

Das heute ist ein gesegneter Abend, eine durch und durch heilige Feierlichkeit – Ihre Abschlußfeier.

Dieser Ort ist voller Wärme, voller Herrlichkeit. Und ich weiß nicht recht: Mir scheint, einigen von Ihnen brennen die Gesichter.

Sicherlich ist es vollkommen richtig, daß Sie lächeln, schwindelig vor Freude über diesen Tag lachen, glühen!

Denn heute abend ist eine dreifache Liebe zu einem gewissen Höhepunkt gelangt, zu einem Moment ungeahnter Reinheit.

Ihr Verständnis für die Schrift ist geöffnet worden, für die Taten Gottes in seinem Christus, für ein Begreifen des Dramas von Buße und Vergebung. Ihre Ausbildung ist zu Ende und wird durch diese Feier als gut beurteilt! Ihre Lehrer sitzen hinter mir und lächeln. Der ganze Prozeß des Lernens steht für einen Augenblick still, rein. Es ist eine gute Sache.

Und sehen Sie sich an! Sie sitzen inmitten einer Gemeinschaft: Kommilitonen unter Kommilitonen, die miteinander gelitten, gelernt, gelacht, geredet haben und gewachsen sind, die sich gegenseitig verletzt und geheilt haben. Absolventen inmitten ihrer Familien und Freunde, inmitten einer unüberschaubaren, stützenden Gemeinschaft der Heiligen. Rein sind alle Beziehungen in diesem besonderen Augenblick. Das alles ist eine Herrlichkeit, die ein Gesicht zum Brennen bringen kann.

Und Ihr Glaube! Nach soviel Auf und Ab in der Vergangenheit, nach so vielen Kämpfen mit Ihrem Christus, nachdem Sie ihn so oft verleugnet und nach ihm geschrien haben, nach all den Tagen, an denen das einzig Gewisse an Ihrer Berufung zu sein schien, daß sie ungewiß war, kommt nun ein wunderbarer Moment des Waffenstillstands und der unverfälschten Reinheit. Jesus sitzt neben Ihnen, und Sie sitzen voller Zutrauen an seiner Seite. So herrlich ist dieser Augenblick, daß Sie am liebsten Ihr Lachen herausschreien möchten. Tun Sie es! Das ist die angemessene Reaktion!

Und dann erinnern Sie sich daran.

Denn diese dreifache Liebe – Ihre Ausbildung, Ihre Gemeinschaft und Ihr Glaube – besteht aus drei Saiten. Und Gott selbst spielt auf diesen Saiten eine wunderbare Musik. Gerade jetzt streicht er über sie, um ein Lied für Sie zu singen. Und durch dieses Lied flüstert er Ihnen eine Gabe zu. *Nicht Kraft!* Das ist noch nicht die Gabe. Sondern die Verheißung der Kraft; die Verheißung, daß die Kraft zur rechten Zeit kommen wird.

Bitte vergessen Sie nicht, daß es nur die Verheißung der kommenden Kraft ist – damit Sie, wenn Sie morgen im Schutz des Herrn die

Stadt betreten, nicht an dem immer stärker werdenden Gefühl der Kraftlosigkeit verzweifeln. Statt dessen werden Sie sagen: „Das ist ganz normal! Das war nicht anders zu erwarten.“ Denn die Herrlichkeit dieses Abends wird Ihnen morgen kaum mehr als eine Streichholzflamme im hellen Tageslicht erscheinen.

Aber vergessen Sie bitte auch nicht, daß Sie die Verheißung haben! Und daraus können Sie dann sowohl die Geduld wie auch all die Beweggründe ziehen, das zu tun, was Sie in der Stadt zu tun haben.

1. Lernen Sie die Stadt kennen! Lernen Sie die Sprache ihrer Menschen, ihre alltäglichen Wege, auf denen sie einander begegnen, das Blinzeln der Augen, die Gesten der Hände, den Ausdruck der Verächtlichkeit, der Unterwürfigkeit, des Stolzes, des Schützens, der Liebe. Lernen Sie die Stadt kennen! Machen Sie sich mit den Gesetzen vertraut, von denen sie geformt wird – sowohl den in der Gesellschaft verborgenen als auch denen, die offen zutage liegen. So wurde Israel am Sinai geformt. Lernen Sie die Stadt kennen! Lernen Sie ihre Hierarchie kennen, die Ebenen ihrer Macht. Lernen Sie ihre tatsächlichen Nöte kennen und woran man die erkennt. Entdecken Sie die menschlichen Dramen, die sich in der Stadt abspielen, bevor Sie ankommen! Denn der Heilige Geist ist schon vor Ihnen da und richtet sein Werk auf und arbeitet auf seine Ziele zu. Indem Sie die Stadt kennenlernen, beginnen Sie, mehr über ihn zu erfahren.

2. Erarbeiten Sie sich das Recht, in der Stadt gehört zu werden. Das wird Ihnen nicht durch Ihren Abschluß, auch nicht durch eine Ordination automatisch vererbt. Sie müssen es sich erarbeiten. Sie bekommen es, wenn Sie Ihr Leben – auf Ihre eigenen Kosten – den Menschen der Stadt hingeben. Und diese Hingabe wird man Ihnen erst nach einer gewissen Zeit abnehmen. Stehen Sie an ihrer Seite im Gerichtssaal, wenn das Leben sie dorthin verschlägt. Setzen Sie sich zu ihnen in die Krankenhäuser, die Gefängniszellen, auf die Straßen, an ihre Arbeitsstellen – in ihren bitteren wie in ihren fröhlichen Augenblicken. Das ist eine schwierige Aufgabe, wenn Sie sich allein fühlen und den Eindruck haben, daß von all den Bekundungen des Glaubens bei Ihnen nichts zu finden ist. Aber es wird Ihnen das

Recht zum Sprechen verschaffen, wenn jener Geist Ihnen die Kraft zum Sprechen gibt. Das ist eine schwierige Aufgabe. Aber durch die Verheißung wird es leichter oder überhaupt erst möglich, sie zu bewältigen. Die Verheißung wird Ihnen eine Stütze sein. Erinnern Sie sich an die Verheißung der Kraft aus der Höhe!

Denn es wird gewiß geschehen! Durch die Gnade Gottes wird jemand bei Ihnen von seinen Verletzungen geheilt werden, wird ein anderer seinen Hunger stillen. Und jemand wird bei Ihnen von seiner Not befreit werden – alles durch die Gnade Gottes! Und jener Moment, jener blendende, glühende, ganz und gar überraschende Moment wird das Kommen der Kraft sein; das Pfingsten, auf das Sie ein langer, mühsamer Dienst die ganze Zeit über hingeführt hat. Es wird geschehen. Ich sage Ihnen, es wird geschehen!

Im zweiten Jahr meines Dienstes in der Gnadenkirche wurde Joselyn Fields krank.

Im Frühjahr wurde Krebs diagnostiziert. Im Sommer stellte man fest, daß er sich dramatisch ausgebreitet hatte. Im Herbst lag sie im Sterben. Sie war siebenundvierzig Jahre alt.

Das Frühjahr, den Sommer und den Herbst hindurch besuchte ich die Frau.

Die meiste Zeit davon benahm ich mich wie ein Narr und hatte entsetzliche Angst davor, neben ihr zu sitzen. Aber ich besuchte die Frau.

Nun, ich wußte nicht, was ich sagen sollte, und verstand auch nicht, was zu sagen ich das Recht hatte. Meine einzige Rettung waren die Psalmen. Psalmen konnten nie falsch sein. Oft betete ich, daß der Wille des Herrn geschehen möge – voller Angst, ihm oder Joselyn zu sagen, was der Wille des Herrn sein sollte, und überhaupt voller Angst vor dem Willen des Herrn. Ich stammelte nur herum.

Eines Tages, als sie nach einer Operation erwachte, beschloß ich, fröhlich zu sein, sie aufzuheitern und dem Gespenst aus dem Weg zu gehen, das mich so sehr beunruhigte – dem Tod. Ich schwätzte. Ich sprach heiter von dem Sonnenschein draußen und eifrig von meinem Tennisspiel am Morgen, bewundernd über die Blumen, hoffnungsvoll über den Tag, wenn sie wieder an der Orgel sitzen und während meiner Predigt Noten lesen würde...

Doch Joselyn rollte ihre schwarzen Augen in meine Richtung. Sie hielt mir einen knochigen Finger vors Gesicht. Und sie sagte: „Halt den Mund!“

Gott helfe mir! Ich lernte so langsam. Doch in Joselyn lehrte mich Gott mit unaussprechlicher Geduld. Indem ich versuchte, ihr die Welt zu bringen, die sie nicht hatte, nahm ich ihr in Wirklichkeit die einzige Welt weg, die sie *hatte.* Ich hatte ihren ernsten, edlen, glaubensvollen und würdigen Tanz mit dem Tod unterbrochen.

Ich hielt den Mund. Ich lernte.

Ich besuchte sie weiter. Ich verdiente mir meine Stellung als Einwohner der Stadt.

Und dann ging der Herbst in das Weiß des Winters über, und Joselyn bestand nur noch aus Knochen. Ihre schöne Haut wurde aschgrau, ihr Atem erfüllte das Zimmer mit einem stickigen Geruch, der seitdem für meine Nase stets gleichbedeutend mit dem Sterben gewesen ist. Und es kam ein Tag, an dem ich meiner Joselyn nichts, absolut gar nichts zu sagen hatte.

Das ist ebenso wahr wie die Tatsache, daß mein Gesicht gebrannt hatte.

Ich betrat ihr Zimmer gegen Mittag, ohne etwas zu sagen. Ich saß den ganzen Nachmittag bei ihr, bis die Sonne in der Dunkelheit versunken war, und sagte nichts. Sie lag wach. Ihre Augenlider hingen papierdünn über den wachsamen Augen – keiner von uns sagte etwas. Der Abend brach über uns herein, und kein künstliches Licht ging an, als die Sonne verschwand. Doch mit dem Abend kam der Heilige Geist. Denn die Worte, die ich schließlich sprach, waren nicht meine eigenen.

Ich wandte mich meiner Joselyn zu. Ich öffnete den Mund und sprach als ein Pastor. Ich sprach auch als Mensch. Und mehr noch sprach ich als Mann zu einer Frau.

Ich sagte: „Ich liebe dich.“

Und Joselyn riß ihre ebenholzschwarzen Augen weit auf. Und diese Frau, sie streckte ihre Arme aus. Als ein Gemeindeglied, nehme ich an; als Frau, ganz gewiß. Sie umarmte mich. Und ich umarmte diese sterbenden Knochen.

Sie flüsterte: „Ich liebe dich auch.“

Und das war alles, was wir sagten. Aber das, meine Lieben, war die Kraft aus der Höhe, die uns beide in eine erstaunliche Schlichtheit hüllte, genau wie Jesus es angekündigt hatte. Denn in dem einen Wort, von dem ich nicht einmal wußte, daß ich es kannte, hatte ein brennendes Anliegen nicht nur seinen Ausdruck gefunden, es war zugleich auch gestillt worden. Wie köstlich, endlich meine Joselyn in den Armen zu halten!

Und sie starb. Und ich trauerte nicht.

Um Gottes willen, Leute! Wenn Sie in der Stadt sind, machen Sie sich die Verheißung bewußt. Erinnern Sie sich an sie. Sie ist wahr! Nicht in jedem einzelnen Moment, aber im richtigen Moment wird Ihnen die Kraft gegeben werden. Schöpfen Sie daraus Frieden in Ihrer Schwäche, und verlieren Sie damit in ihrer Alltagsroutine das Ziel nicht aus den Augen. Es wird geschehen. Es wird ganz gewiß geschehen, denn der Herr hat es gesagt.

Was einen Verkündiger ausmacht

Ich möchte ein Denkmal für Arthur Forte setzen, der im dritten Jahr meines Dienstes starb, als ein armer Mann – ungekämmt, schamlos, hämisch, arrogant, alt. Alt, einsam, schwarz und bitter – und doch ein Mann, dessen Seele nie aufgehört hat, mich zu lehren. An Arthur, an allem, was dieser Mann mir abverlangt hat, und an meinem rastlosen Erforschen dieser Erfahrung wachse ich. Das ist absolut wahr. Meine Hirtenhände werden einfühlsamer. Meine Fähigkeit, Alter und Schmerzen nachzuempfinden, wird täglich geschärft. Meine Demut verhärtet nicht. Und durch den alten toten Arthur werde ich an die tiefere Bedeutung meines Titels erinnert – Diener.

Arthur wohnte in einem Kanonenhaus, so genannt, weil es aus drei Zimmern in einer schnurgeraden Linie bestand; schmal gebaut auf einem halben Stadtgrundstück.

Besser gesagt, Arthur wohnte im vordersten Zimmer dieses Hauses. Oder um die kalte, beunruhigende Wahrheit zu sagen: Arthur wohnte in einem allmählich verrottenden Polstersessel in jenem Zimmer, aus dem er sich im letzten Jahr seines Lebens selten erhob.

Daß er während dieses Jahres auch nicht in die Gemeinde und in den Gottesdienst kam, wurde nicht gerade bedauert. Ich glaube, die meisten Leute waren dankbar, daß er sich zurückgezogen hatte, denn der Mann ging und benahm sich wie eine Kröte; lief mit hängenden Schultern und hatte für seine Mitchristen nur rülpsende Verachtung übrig. Arthur verfügte über einen zwar weitgehend ungebildeten, aber ansonsten ausgezeichneten Verstand. Irgendwann einmal hatte er sogar Gedichte geschrieben; ernsthafte, aber auch heitere, verschmitzte. Doch nun gebrauchte er Worte nur noch, um Christen auf ihren Kirchenbänken zu schockieren. Keine Zeit und keine Situation war vor ihm sicher. Ihre Kleidung wie ihre Heiligung verfingen sich an den Haken seiner Bemerkungen, und selbst inmitten einer Ostermelodie konnte sich Schmerz über ihr Gesicht verbreiten, während Arthur triumphierend neben ihnen kauerte.

Nein: Niemand fühlte sich dazu getrieben, den Mann zu besuchen, als seine Gebrechlichkeit ihn ans Haus fesselte.

Außer mir.

Schließlich war ich der Pastor und noch herrlich jung und pflichtbewußt. Es war meine Aufgabe. Und Arthur rief mich sogar an, um mich an diese Aufgabe zu erinnern.

Aber Arthur zu besuchen war ein schweres Opfer.

Nachdem er einige Monate lang in seinem Sessel gesessen hatte, waren sowohl Arthur als auch sein Zimmer völlig verdreckt. Ich übertreibe nicht! Bei jedem meiner Schritte spritzten die Kakerlaken in alle Richtungen, als wäre ich in eine Pfütze getreten. Überall ließen sie sich von den Wänden fallen. Ich stand ganz still. Der Fernseher flackerte ununterbrochen. Über den ganzen Fußboden lagen Zeitungen verstreut. Jeder feste Gegenstand im Zimmer war von einem feuchten Film überdeckt, von dem ein stickiger, modriger Geruch aufstieg, als ob alles lebendig wäre und schwitzte. Doch die Feuchtigkeit war ein Segen, denn Arthur rauchte.

Er hatte eine Unterlippe wie ein Regalbrett. Auf dieses Regalbrett legte er brennende Zigaretten, und dann ließ er sie so lange dort liegen, bis sie ganz zu Ende gebrannt waren – worauf er sie in Richtung Fernseher davonblies. Brennend fielen sie auf die Zeitungen auf dem Fußboden. Aber weil es unmöglich ist, einen feinen feuchten Mehltau in Brand zu setzen, gingen die Zigaretten zum Glück aus.

Dann schickte sich der alte Mann an, mir meinen Besuch noch schwerer zu machen. Er deutete auf ein schmutziges fettverschmiertes Sofa, zwinkerte, als wüßte er genau, welchen unaufhebbaren Schaden ein solcher Kompost meinen Leinenhosen und meiner Würde zufügen konnte, und sagte im Ton eines Gastgeber: „Warum setzen Sie sich nicht, Reverend?"

Es machte mir von Anfang an keinen Spaß, Arthur Forte zu besuchen. Und er versuchte auch nicht, mir meinen Job (meine Berufung! protestieren Sie. Meinen Dienst! Meine Jüngerschaft! Nein – nur meinen Job!) leichter zu machen. Er wünschte sich nicht einen kurzen Psalm, kein pastörliches Gebet, keine Andacht. Er wollte mit diesem jungen Geistlichen scharf über dessen Glauben debattieren. Der alte Mann, seit siebzig Jahren Kirchgänger, blickte mich aus verkniffenen Augen an und stellte die Güte Gottes in Frage. Mit unbestreitbaren Beweisen fällte er niederschmetternde Urteile über Krankenhäuser (in denen er gearbeitet hatte) und Ärzte (die er genau beobachtet hatte): „Zwanzig Dollar für eine Visite, wenn sie ins Zimmer eines Patienten kommen", sagte er. „Wofür? Für zwei Minuten Zeit! Ohne daß für den Patienten dabei irgend etwas Nennenswertes herauskommt. Hier einmal gedrückt, da einmal geklopft, dann etwas auf die Karteikarte gekritzelt, und dann lassen sie den armen Tropf zurück mit dem Gefühl, armselig und wertlos zu sein. Der Halbgott in Weiß hat das Herz des Patienten abgehört und ihm dann nicht einmal gesagt, was er gehört hat. Hoho!" sagte Arthur. „Ich werde nie in ein Krankenhaus gehen. Die Kakerlaken hier machen wenigstens kein Hehl daraus, was sie im Schilde führen. Hoho! Ich lege mich in kein Krankenhausbett, hoho!"

Und dann gelang es ihm irgendwie, das Versagen der Ärzte in ein

Argument gegen die Güte der Gottheit zu verweben und bombardierte mich mit Fakten. Und ich versuchte, unbeholfen stotternd und stammelnd, den Allmächtigen zu verteidigen ...

Wenn ich ging, fühlte ich mich innerlich ausgehöhlt, den Tränen nahe und reizbar. Denn mein eigener Glaube erschien mir im Moment unendlich abgestanden, flach und nutzlos. Ich besuchte Arthur nicht gerne.

Dann kam die Zeit seiner Inkontinenz, sowohl im körperlichen wie im religiösen Sinn.

Im Spätsommer wurde es immer schlechter mit dem Mann. Er erhob sich nicht mehr aus dem Sessel, um mich einzulassen (ich ging durch die unverschlossene Tür) oder auch nur, um Urin zu lassen (der in dem unbeschreiblich besudelten Sessel versickerte). Die Augusthitze war unerträglich und für jemanden in seinem Zustand gefährlich. Deshalb drängte ich Arthur, trotz seiner kritischen Einstellung dazu, ins Krankenhaus zu gehen.

Doch er hatte eine bessere Idee, hoho! Er zog all seine Kleider aus.

Nackt begrüßte mich Arthur. Nackt schließlich bat mich der alte Mann um meine Gebete und den andächtigen Vollzug eines Privatgottesdienstes – und wir beteten. Nackt verlangte er auch nach dem Abendmahl. Oh, das war nun wirklich nicht das, was ich mir vorgestellt hatte. Es ist schon eine peinliche Sache, einem nackten Mann Brot in den Mund zu stecken: „Mein Leib, mein Blut ..." Und Arthurs Bauch und seine Leisten – er hatte die Schwere meines Opfers zur Qual gesteigert. Ich war tief gedemütigt.

Und er war immer noch nicht fertig.

Denn in jenen letzten Tagen bat der nackte Arthur Forte mich, seinen Pastor, zu ihm zu kommen und ihm seine Schuhe anzuziehen, seine Unterhosen und Hosen. Und ich tat es. Seine Füße waren angeschwollen, so daß es ihm (und mir!) in jenen Momenten schreckliche Schmerzen bereitete, wenn ich seine harte Ferse in die Hand nahm und seinen Fuß in den Schuh zwängte. Er stöhnte laut auf, wenn er aufstand, um mit einem Bein nach dem anderen in seine Kleider zu steigen. Und er stützte sich auf mich, und ich legte meinen Arm um seinen nackten Rücken und zog die Hosen an seinem nackten Bein hoch, und ich stöhnte. Tief, tief in meiner Seele stöhnte ich. Wir litten, er und ich. Doch sein Opfer war größer, als ich es beschreiben kann. In jenen Momenten fing ich an, eine gewisse wortlose Zuneigung für Arthur Forte zu empfinden.

(*Jetzt* können Sie mir Ihre Worte „Berufung" und „Dienst" und „Jüngerschaft" zurufen. Denn jetzt fing ich an, sie zu verstehen: Jetzt, als ich Arthurs Füße berührte. Als das und nichts anderes alles war, wonach Arthur sich sehnte: daß ein menschliches Wesen ihn berührte, seine alte Haut berührte, ohne ihn zu verurteilen. Heiliges Abendmahl! So eindringlich, wie er irgend konnte, hatte der alte Mann gesagt: „Liebe mich.")

Als ich in der letzten Augustwoche zu ihm kam, fand ich Arthur auf dem Boden liegen. Er war während der Nacht von seinem Sessel gefallen, und seine Beine waren zu geschwollen und seine Arme zu schwach, als daß er wieder hätte hinaufklettern können.

Ich sagte: „Das reicht, Arthur! Sie gehen ins Krankenhaus."

Er war müde, widersprach nicht mehr. Er ließ mich zwei andere Gemeindeglieder anrufen. Während sie unterwegs waren, zog ich ihn an – und er stöhnte tief. Er stöhnte, als wir ihn zum Wagen trugen. Er stöhnte noch, als wir ihn aus dem Wagen in den Rollstuhl setzten: Douglas, Clarence und ich hatten ihn in die Notfallstation gebracht.

Doch als wir erst einmal in dem glänzenden Gebäude waren, bekam sein Stöhnen eine neue Bedeutung.

„Ich habe Durst", sagte er.

„Er hat Durst", sagte ich zu einer Schwester. „Könnten Sie ihm ein Glas Wasser geben?"

„Nein!" sagte sie.

„Was?"

„Nein!", sagte sie. „Er darf nichts zu sich nehmen, bis sein Arzt benachrichtigt ist."

„Aber Wasser …?"

„Nichts!"

„Würden Sie dann bitte seinen Arzt benachrichtigen?"

„Das wird die Stationsschwester tun, sobald er in einem Zimmer ist."

Arthur, der leidend in seinem Rollstuhl kauerte, sagte: „Ich habe Durst."

Ich sagte: „Also schön, darf ich ihn dann in sein Zimmer fahren?"

„Tut mir leid, nein", sagte sie.

„Bitte", sagte ich. „Ich bin sein Pastor. Ich übernehme die Verantwortung für ihn."

„Hier tragen wir die Verantwortung für ihn, nicht Sie", sagte sie. „Haben Sie Geduld. Ein Pfleger wird ihn rechtzeitig nach oben bringen."

Oh, Arthur, vergib mir, daß ich dir nicht schon zu Hause etwas zu trinken gegeben hatte. Vergib uns das Wort „rechtzeitig" für zwanzig Minuten Warten, ohne etwas zu trinken zu bekommen. Vergib uns unsere Regeln, unsere Verantwortungslosigkeit!

Selbst als er in seinem Zimmer war, nahmen sie sich erst einmal Zeit, ihn zu waschen, den Gestank wegzunehmen, bevor sie ihm Wasser brachten.

„Bitte, holen Sie seinen Arzt", flehte ich.

„Wir haben gleich Schichtwechsel", sagten sie. „Die Schwester der nächsten Schicht wird seinen Arzt rufen. Alles zu seiner Zeit."

Also: Arthur, dessen Geruch draußen auf den Fluren allerhand Diskussionen ausgelöst hatte, stank endlich nicht mehr. Aber Arthur hatte immer noch Durst. Er sagte noch zwei Dinge, bevor ich ging.

Er murmelte: „Blutig, doch ungebeugt."

Lyrik!

„Gut, Arthur!" Ich lobte ihn mit aller meiner Macht. Selbst ein böser Witz war besser als diese Gleichgültigkeit. Vielleicht konnte ich ihn dazu bringen, der einen oder anderen Schwester einen Schock zu versetzen.

Doch er drehte die Augen in meine Richtung und sah zum ersten Mal, seit wir ins Krankenhaus gekommen waren, diesen Narren an. „Blutig", sagte er, „und gebeugt."

Er schlief eine Stunde lang. Ich saß an seinem Bett, das Gesicht in den Händen vergraben.

Dann fuhr er plötzlich hoch und starrte um sich. „Wo bin ich? Wo bin ich?" rief er.

„Im Krankenhaus", antwortete ich.

Und er stöhnte entsetzlich. „Warum bin ich hier?"

In meiner gesamten Dienstzeit habe ich nur ein einziges Mal beim Tod eines Gemeindegliedes unbeherrscht geweint.

Das Krankenhaus kannte keine Angehörigen von Arthur Forte. Deshalb riefen sie mich noch am selben Samstagabend um elf Uhr an. Dann legte ich den Hörer hin und weinte, als wäre mein Vater gestorben. Mein Vater. Wahrhaftig, es war mein Vater gewesen. Zorn, Versagen ... ein schlichtes Glas Wasser. Ich saß in der Küche und weinte.

Doch dieses Versagen hat seither einen stillen Erfolg genährt.

Ich nehme nicht an, daß Arthur mir bewußt das letzte Jahr seines Lebens widmete oder gar beschlossen hatte, mein Lehrer zu sein. Doch durch sein bloßes Dasein – indem er mich zwang, dieses Leben zu *nehmen*; echt, unversüßt, nackt, leidend; indem er verlangte, daß ich ihm ohne jeden Lohn diente; indem er mir zuerst nur die Gesten des Liebens und dann die Liebe selbst entrang – aber eine opferbereite Liebe, eine christusähnliche Liebe, weil es eine Liebe zu einem so unbestreitbar Unliebenswerten war –, bereitete er mich auf meinen Dienst vor.

Meine Tränen waren mein Diplom, sein Tod meine Einsegnung und das Versagen meine Ordinierung. Denn der Herr hat nicht gesagt: „Selig seid ihr, wenn ihr das wißt" oder „lehrt" oder „predigt". Er hat gesagt: „Selig seid ihr, wenn ihr danach handelt."

Als Jesus in der Nacht, in der er verraten wurde, seinen Jüngern die Füße gewaschen hatte, setzte er sich und sagte: „Wenn nun ich, der Herr und Meister, euch die Füße gewaschen habe, dann müßt auch ihr einander die Füße waschen. Ich habe euch ein Beispiel gegeben, damit auch ihr so handelt, wie ich an euch gehandelt habe. Amen, Amen, ich sage euch: Der Sklave ist nicht größer als sein Herr, und der Abgesandte ist nicht größer als der, der ihn gesandt hat. Selig seid ihr", sagte Jesus, „wenn ihr das wißt und danach handelt."

Immer wieder ließ sich der Herr über dieses Thema aus: „Wasser für einen stinkenden Mann ist Wasser für mich!" Man hätte es begreifen können, indem man es las ... Doch dies ist ein Thema, das erst in der Erfahrung greifbar wird, indem man es tut.

Und die erste Erfahrung ist im allgemeinen ein Gefühl des

Versagens. Denn diese Art Dienst erniedrigt den Diener auf ganz unerhörte Weise, macht ihn bedeutungslos, macht ihn zu einem bloßen *Knecht*; zumindest während dieses Handelns. Wenn man sich so bedeutungslos fühlt, dann fühlt man sich irgendwie gescheitert, schwach, unfähig.

Doch gerade an dieser Stelle beginnt die wahre Dienerschaft: bei dem Jünger, der sich verleugnete und das eigentlich gar nicht wollte.

Und dann geschieht es vielleicht zum ersten Mal, daß man nicht aus eigenem Verdienst, aus eigener Fähigkeit oder Überlegenheit heraus liebt, sondern aus Christus heraus: Denn man hat entdeckt, daß man selbst nichts ist und Christus alles.

In diesem so schrecklichen *Tun* des Dienstes wird der Diener geboren. Und eigenartigerweise sind die besten Lehrer dieses angehenden Dieners die bedürftigsten Menschen, vor deren Berührung es einen ekelt; die Unwürdigen, nichts Gebenden, Unliebenswerten, die dennoch voller Anmaßung nach Liebe verlangen – und sie wie durch ein Wunder auch empfangen. Diese Armen, die uns auf Schritt und Tritt begleiten, sie *sind* unser Reichtum.

Arthur, mein Vater, mein Vater! So leer dein Tod auch schien, er war alles andere als leer. Über deinem Armengrab steht kein Denkmal – aber hier bei mir steht es: Es ist hier in mir und in meinem Dienst. Wie könnte ich je dieses göttliche Wunder geringschätzen, daß ich dich liebe?

Predigen

Es ist nicht von ungefähr, daß ich in einer Erfahrung mit meinem Vater zum ersten Mal die Liebe Gottes begreifen durfte. Überhaupt ist es nichts Ungewöhnliches, daß Gott in der Erfahrung begriffen wird. Im Grunde kann das Zusammentreffen von Gott und Mensch auf andere Weise gar nicht stattfinden. Gott ist nicht ein Gott der Kanzel, auch wenn er von der Kanzel verkündigt wird. Er ist ein

Gott in und aus dem Leben der Menschen, ihren Schicksalen, Geschichten.

Bedeutsam ist, daß ich dies ausdrücklich sagen muß.

Wir Berufsgläubigen, wir Prediger, die wir unsere Verantwortung so ernst nehmen, messen den Wirkungskreis Gottes an unserem eigenen. Und die Menschen, die immer froh sind, wenn man ihnen feste Begriffe vorgibt, haben uns erlaubt, den mächtigen Gott an die Leine zu legen und ihn auf einen winzigen, aber von uns überschaubaren Raum zu beschränken. Auf einen winzigen Raum, eine passende Zeit und eine Handvoll spezieller, vorgeschriebener Übungen. Weil wir den Menschen formell von der Kanzel herab begegnen, muß Gott ihnen offensichtlich auch dort begegnen. Weil wir notwendigerweise unsere Zeit planen müssen, manchmal dienen, manchmal nicht, nehmen wir an, daß Gott auch nach einer Art Zeitplan vorgeht. Weil wir viel Gewese um fromme oder liturgische Prozeduren machen und davon ausgehen, daß eine Form, eine gute Form, eine Formel, eine rechte andächtige Haltung notwendig sind, damit Gott sich bekunden könne, nehmen die Leute an, es gäbe Regeln und Vorschriften, die das Wohlwollen und das Erscheinen Gottes leiten, und manche Menschen seien im Besitz des Rechtes der Versöhnung, andere dagegen nicht – aber dennoch sei Gott durch diese Regeln eingeschränkt. Zudem könnten die Leute, weil unser eigenes Begreifen der Gottheit meist durch erkennendes Bemühen geschieht – durch Studium, Lektüre, Analyse, Klassifizierung, theologisches Arbeiten, Treffen von Aussagen und *Lehren* –, weil unser Predigen weitgehend ein Lehren, Erklären und Unterweisen ist, zu dem Schluß kommen, Gott sei eine Angelegenheit des Verstandes (oder des Herzens, wenn die Predigt mehr auf die Emotionen abzielt), aber nicht des ganzen Menschen in all seinen Teilen. Von einem Text sagen wir: „Er bedeutet das und das.“ Und wir scheinen damit zu sagen, daß Gott im Verstehen von Bedeutungen gegenwärtig sei, *auch wenn sich diese Bedeutungen auf Ereignisse beziehen mögen!* Unsere Art und Weise teilt mehr mit als das, was wir eigentlich sagen wollen, denn sie wirkt unterschwellig und schränkt jedes Wort ein, das wir sagen.

Was immer wir denken mögen – und trotz aller Freiheiten, die wir in so vielen Bereichen unserer Kultur genießen –, bleiben wir, was die Religion angeht, das Volk des Priesters. Durch diejenigen, die für dieses Amt ausgesondert sind, begegnen wir unserem Gott und nehmen ihn wahr: Die Begegnung ist ein bewußter Wunsch; die Wahrnehmung ist eine unbewußte Formung; die Konsequenz, falls der Priester nicht vorsichtig ist, ist die Kontraktion Gottes und dann die Abstraktion Gottes aus dem Ganzen des Lebens.

Kontraktion war seit jeher eine Folgeerscheinung des Priestertums, und oft sogar eine erwünschte. Die ersten drei oben erwähnten Beschränkungen – bezüglich des Ortes, der Zeit und der besonderen Riten der Versöhnung – haben Gott schon immer an Tempel, Feste und Zeremonien gebunden. Gefallene Priester gewannen Macht, indem sie den Allmächtigen kontrollierten. Und ängstliche Menschen waren beruhigter, wenn sie nicht unversehens mit einem willkürlich handelnden Gott zusammenstoßen konnten. Doch selbst da, wo Betrug und Furcht *nicht* die Motive waren, glaubten die Menschen, der Grenzenlose hätte seine Grenzen gefunden und sei deswegen unnahbar. Das Priestertum war ein Orden innerhalb des Ganzen der Gesellschaft: Gott war weniger als das Ganze; er war kontrahiert.

Abstraktion dagegen – eine Auswirkung der vierten oben erwähnten Beschränkung –, die Entfernung Gottes aus den Erfahrungen des Lebens, die ihm ausschließlich in der Analyse ein Dasein zugesteht, ist ein modernes Problem. Freilich, die Griechen des fünften vorchristlichen Jahrhunderts – jene, die den historischen Wert ihrer Mythen verachteten, sie umdeuteten und die Weisheit anbeteten, die über die Handlung triumphierte – hatten ihre Götter ebenfalls vergeistigt. Doch diese waren eindeutig in der Minderheit, und ansonsten brachte man weiter Opfer dar.

Heute ist das Problem aus zwei Gründen weiterverbreitet: Erstens sind wir nicht so ehrlich wie sie. Wir tun so, als sei Gott in unserem ganzen Leben gegenwärtig, und wir glauben selbst daran, obwohl es uns in Wirklichkeit nur um das Verstehen geht. Zweitens sind unsere Geistlichen selbst an dem Problem beteiligt. Weil sie eben auch Prediger sind, weil so viele von uns das Predigen als ihre bedeutendste Funktion betrachten, erscheint uns die Predigt als der klarste Zugang zum Göttlichen. Darum wird unser Gottesbild zum großen Teil von der Form der Predigten geformt. Und welche Form haben viele Predigten heute? Nun, es ist die Form eines Klassenzimmers: Lehre! Und Lehre ist (aus meiner Sicht) immer eine Stufe von der Erfahrung und der „Realität“entfernt. Sie ist eine Aktivität des Verstandes, bereitet uns auf das vor, was sein wird. Oder sie deutet das, was gewesen ist. Doch von beidem ist sie getrennt. Der Gott, dem man in Dogmen begegnet, der in der Christenlehre begriffen wird, der wahr ist, solange unsere Aussagen *über* ihn wahrheitsgemäß formuliert sind, der durch Behauptungen, Prämissen und Schlußfolgerungen mitgeteilt wird, der nicht von den Straßen auf uns zuspringt, nicht einmal aus den biblischen Texten, sondern aus der *Interpretation* der biblischen Texte – dieser Gott ist theoretisch, er ist vom Rest der Erfahrung des Christen ausgeschlossen worden.

Oh, ihr Geistlichen durch den Willen der Menschen!

Oh, ihr Prediger durch die Sitten dieser Zeit!

Oh, ihr Lehrer durch eure eigene Entscheidung – ihr habt die Gottheit klein gemacht! Obwohl eure Absicht gut und heilig war, eure Methode war es nicht. Obwohl ihr Intelligenz, eine gute Ausbildung und ein gewissenhaftes Studium in euer Amt mitbrachtet, habt ihr dieses Amt auf Intelligenz, deren Übung und Gebrauch reduziert, und daraus habt ihr den Tempel des Herrn gemacht.

Aber der Bereich Gottes ist die ganze Schöpfung, aller Raum, alle Zeit, alle Dinge und alles Geschehen, alles Tun der Menschen, der ganze Mensch selbst!

Und Gott beobachtet diese Dinge nicht nur und nimmt Anteil an ihnen; er handelt in ihnen! Er gebraucht sie als Werkzeuge, die Erfahrung der Menschen. Er schaltet sich ganz fühlbar, greifbar ein. Keine Abstraktion! Er ist *nicht* nur übersinnlich. Durch seinen Willen und seine Macht dringt er in unser Leben ein und tut seine Werke.

Oder was meint der Psalmist, wenn er singt: „Die Stimme des Herrn läßt die Wüste beben“? Oder Amos: „Der Herr brüllt vom Zion her, aus Jerusalem läßt er seine Stimme erschallen. Da welken die Auen der Hirten, und der Gipfel des Karmel verdorrt“? Was er damit meint? Daß Gottes Wort mehr ist als Unterweisung. Es hat eine deutlich erkennbare Macht, die alle Menschen mit ihren Augen sehen und in ihren Herzen spüren können. Das Wort Gottes erschuf. Es formt heute noch die Schöpfung auf sehr greifbare Weise.

Oder was meint der Psalmist, wenn er singt: „Verbirgst du dein Gesicht, sind sie verstört; nimmst du ihnen den Atem, so schwinden sie hin und kehren zurück zum Staub der Erde. Sendest du deinen Geist aus, so werden sie alle erschaffen, und du erneuerst das Antlitz der Erde"? Oder Johannes, der Seher: „Und alle Geschöpfe im Himmel und auf der Erde, unter der Erde und auf dem Meer, alles, was in der Welt ist, hörte ich sprechen: Ihm, der auf dem Thron sitzt, und dem Lamm gebühren Lob und Ehre und Herrlichkeit und Kraft in alle Ewigkeit"? Es bedeutet, daß sowohl die Herrschaft als auch die Notwendigkeit Gottes in diesem Augenblick über und *in jedem lebendigen Ding* sind, in sichtbaren Dingen, Dingen, die sich einordnen, die sich wissenschaftlich untersuchen lassen. Aber nicht in der Untersuchung dieser Dinge wirkt seine Macht, sondern in den Dingen selbst.

Was meint Jeremia, wenn er den Heiden Nebukadnezar den „Knecht"des Herr nennt? Was meint Jesaja, wenn er behauptet, der Heide Cyrus sei von Gott gesalbt? Sie gehen wie selbstverständlich davon aus, daß Gottes Hand in allen Angelegenheiten der gesamten Menschheit wirkt, daß nicht jemandes Glaube notwendig ist, um von Gott berührt zu werden, sondern Gottes Wille, Gottes Wahl allein. Gott hat beschlossen, *sowohl* in der menschlichen Geschichte sichtbar zu sein, *als auch* diese Geschichte zu leiten – um der Züchtigung und der Barmherzigkeit willen.

Oder was, um Himmels willen, ist die Menschwerdung Gottes, wenn sie nicht Gottes persönliches Eintauchen in die Ereignisse verkündet – die bösen Ereignisse, die unbedeutenden und bescheidenen alltäglichen Ereignisse, die wir jeder am eigenen Leibe oder auch miteinander erfahren, die schmerzlichen und friedvollen, täglichen und epochalen Ereignisse im Leben der Menschen? Und ist nicht das Kommen des Heiligen Geistes das Freisetzen dieses Eintauchens, so daß es sich nicht mehr auf einen Ort, eine Zeit oder ein Volk allein beschränkt, sondern all und jede Erfahrung erfaßt und seinen Tempel in der Brust eines jeden Gläubigen errichtet?

Natürlich! Es ist nicht schwer, Argumente für die Immanenz Gottes beizubringen. Schließlich ist das eines unserer Dogmen.

Eines unserer Dogmen! Eben da liegt der Haken. Solange sie nur ein Dogma bleibt, eine Wahrheit, die gelehrt werden muß, steigert sich nur noch die Abstraktion, setzt sich fort. Gott wohnt nicht nur in der Kirche, sondern auch in den Büchern in der Kirche, auch in den Köpfen, die Bücher erklären, und im Verstand.

Was nun? Wir Prediger! Was sollen wir tun, damit die Gotteswahrnehmung der Menschen nicht so viel kleiner ist als Gott selbst?

Macht mehr aus eurer Predigt. Gebt dem Predigen selbst eine menschliche – und dann eine göttliche – Ganzheit. Indem der Prediger uneingeschränkt in der Verkündigung aktiv ist, der Hörer uneingeschränkt zur Teilnahme eingeladen wird und Gott als der Gott des Ganzen gesehen wird.

Oder, um es kurz zu machen: Erzählt Geschichten!

Der Prediger ist nicht nur ein Mund, der sich selbst auslöscht, damit Gott allein hindurchscheint. (Wo das der Fall ist, da ist auch Gott nur ein Mund, und das ist alles, was hindurchscheinen wird.) Der Prediger ist mit allem, was er hat, der Verkündiger Gottes: mit seinem Staunen, seinem Humor, seinem Glauben, seinem Körper, seinem Tonfall ebenso wie mit seinen Worten, seiner *Erfahrung*! Das gesamte Drama seiner Beziehung zu Gott – sowohl in sündiger Feindschaft als auch in heiliger Vergebung! Seine Frau ist Teil dieser Verkündigung und ebenso seine Kinder. Seine Eltern, die undichten Stellen in seinem Dach, seine Operation, seine Schmerzen und seine Freuden, seine Probleme und deren Lösungen. Dreimal in der Apostelgeschichte erscheint die Geschichte von der Bekehrung des Paulus, davon zweimal von ihm selbst vorgetragen. Im Galaterbrief taucht sie wieder auf. Seine schwere Erfahrung durchzieht die Briefe an die Korinther. Die Botschaft von Christus wird nicht nur durch den Verstand oder die Lehren des Paulus verkündigt, sondern durch sein innerstes Wesen und in Ganzheit! Das Dick-Auftragen ist ihm vielleicht peinlich, aber er tut es trotzdem. Und so wird Gott in Peitschenhieben, im Gefängnis, auf einem Schiff, in Träumen sichtbar – überall und in allem enthalten.

Ich erzählte euch von Arthur Forte. Und achtet mal darauf! Gott ist in dem Schmutz, Gott ist in einem Krankenhaus, und durch einen nackten, widerspenstigen Mann formte mich Gott wie ein Tongefäß. Ich erzählte euch von Joselyn Fields, und Gott explodiert geradezu in der ganz normalen, alltäglichen Sprache zwischen einem Mann und einer Frau. Ich erzählte euch von dem Tag, an dem mein Matthew mir vergab, und Jesus Christus tritt in das Arbeitszimmer eines Mannes, um dessen Schuld zu lindern. Das Dogma mag die Richtigkeit meiner Wahrnehmungen beurteilen; es mag die Einzelheiten des Ereignisses benennen und sie wie Bilder festhalten: „Sünde“, „Buße“, „Vergebung“, „Rechtfertigung“. Aber ich stehe in Fleisch und Blut vor euch. Ich riskiere es, mich und meine Erfahrung bloßzustellen. Ich zeige euch den Stoff der Ereignisse selbst, von denen dieser Mensch geformt wurde, und offenbare so den Former beim Formen. Durch diese Geschichten bin ich in Sünde, in Gnade ganz, und ganz soll auch das Drama Gottes in mir sein. (Ich tue also nichts anderes als Augustinus, nicht wahr?) Wie Cyrus für die Juden, so ist Arthur Forte von Gott gesalbt, um mich zu befreien. Wie Jesaja von den Schriften sage ich es: Und Gott erscheint immanent in allem menschlichen Geschehen. Ich bin mehr als ein Prediger. Ich bin selbst die Predigt. Denn Gott berührt mich ganz, nicht nur meinen Verstand.

O nein! Es liegt kein Stolz in einem so persönlichen Geständnis! Jedenfalls solange nicht, solange kein sündiges Motiv dahintersteckt. Denn das Drama Gottes beginnt mit meinem Aufbegehren und endet mit seiner Vergebung. Erinnert ihr euch an die immer wieder berichtete Geschichte des Paulus? Wie könnten Paulus oder ich persönliche Ehre in etwas finden, das letzten Endes ein Bekenntnis ist – ein Bekenntnis der Sünde, ein Bekenntnis des Glaubens?

Erzählt Geschichten, ihr Prediger Gottes. Demütigt euch, um euch selbst zu einem Gleichnis zu machen.

Denn wenn ihr das tut, dann sprecht ihr auch eure Hörer in ihrer Ganzheit an. Dann wird nicht nur ihr Verstand, sondern auch ihr Lachen auf der Kirchenbank anwesend sein; und durch das Lachen ihre Lungen und ihre Bestürzung; ihre Körper, ihr Mitleid, ihre Emotionen, ihre Not, ihre Unzulänglichkeit, ihre Männlichkeit und Weiblichkeit, ihre Elternschaft – ihre Erfahrung! Ihr werdet sie als Menschen (nicht nur als Schüler) zu einer Beziehung zu euch einladen. Denn wenn sie erst einmal lachen oder weinen oder sich an ihre eigene vergangene Woche erinnern, oder wenn sie nicken – einfach nur nicken –, dann gebrauchen sie mehr als nur ihren Verstand und wollen mehr als nur Verstehen. Euch, die ihr ihnen euer Selbst dargeboten habt, geben sie ihr Selbst zurück. Ein Lehrer spricht Schüler an, der Verstand den Verstand. Doch ein Mensch – uneingeschränkt, mit Verstand und Gemüt – spricht Menschen an, und wer darauf antwortet, läßt auch in dieser Beziehung Ganzheit zu. Und das bedeutet: Solches Predigen läßt menschliche *Beziehungen* wachsen und damit die Liebe.

Und: Wenn Gott in einer solchen Beziehung seine Wohnung nimmt, dann wohnt er in allem, was menschliches Leben ausmacht. Sein Tempel ist ihre Erfahrung. Sie werden ihn als in allem wohnend kennenlernen. Wirklich und wahrhaftig. Nichts, was nicht Stoff für eine Geschichte wäre. Alle Sinne haben Anteil. Dann ist die Kanzel nur noch ein Ort, an dem man stehen kann, und die ganze Welt wird in einem Wort sichtbar und das Wort in der Welt.

Ich habe Geschichten vor Hochschulseminaren erzählt – und Studenten, die ihr Stipendium ihren sportlichen Leistungen verdanken, wollten hören, was ich zu sagen hatte.

Ich habe meinen Kindern Geschichten erzählt – gemeinsam nannten wir ihre Schwarzen Männer beim Namen, ihre wortlosen Angstträume, und wir verbündeten uns gegen sie, denn meine Kinder hörten mir zu, während ich sprach, und so waren sie nicht allein. In ihrer Phantasie beschäftigten sie sich mit den Gefahren aus ihrer Phantasie – denn dort leben sie und lösen ihre Probleme. Und sie lachten, und die Geschichte *wurde* zur Kraft! Und die Geschichte wurde zum Vehikel nicht nur einer anhänglichen Liebe, sondern einer medizinischen, verändernden Liebe. Und meine Kinder triumphierten.

Ich habe meiner Gemeinde die Geschichte „Lilie“erzählt – Mary Ellen Phillips, die sie dort hörte, erzählte sie ihrer Nichte in Nevada, die an Muskelschwund leidet, und die Nichte lächelte, als sie die Lilien-Geschichte hörte. Als der Freund dieser Nichte bei einem schrecklichen Unfall starb – ein Junge, wie sie sechzehn Jahre alt, in den sie verliebt war –, konnte sie niemand trösten, nicht ihre Eltern, nicht ihr Pastor, niemand. Mary Ellen ging in das Zimmer, in dem das Mädchen weinte, und bat Gott um die richtigen Worte. Doch sie hatte keine. Da sagte ihre Nichte: „Erzähl mir ‚Lilie‘!“

Wenn die Geschichte von Jesus Christus mitten unter den Menschen stattfand, dann muß die Predigt von Jesus Christus ebenfalls mitten unter den Menschen Platz finden. Und weil

Geschichten den ganzen Menschen ansprechen – und ihm durch den Wunsch, das Ende zu hören, eine persönliche Hingabe entlocken –, sind es Geschichten, die der Predigt Jesu diesen Platz verschaffen können. Nicht Dogmen trösten uns in Krisen. Krisen sind auch nicht wie Prüfungen in der Schule, in denen wir unsere Aufmerksamkeit einem isolierten Problem zuwenden, das von der Realität getrennt ist. Jesus selbst ist es, der kommt, um uns zu trösten, und Krisen sind die Dramen, die uns mit Haut und Haaren verschlingen, wie es der Fisch mit Jona tat. Geschichten *über* Erfahrungen (die für die Hörer wiederum selbst zu Erfahrungen werden) bereiten die Menschen darauf vor, Gott *durch Erfahrungen auf sich zukommen zu sehen.*

„Ich will nicht das Dogma der Auferstehung. Ich will nicht einmal die Verheißung der Auferstehung. Bitte! Ich will die *Gelassenheit der Auferstehung. Erzähl mir ‚Lilie*‘.“ Oder man könnte sagen, sie wollte den Kuß der Auferstehung, nämlich in diesem Augenblick den Kuß Jesu, die Hand dessen, der in zwei Welten zugleich wandelte; in der einen, in der sie bleiben mußte, und in der anderen, in die ihr Freund gegangen war. „Erinnere mich daran: Erzähl mir ‚Lilie‘.“

Was waren die Heiligenlegenden im Mittelalter, wenn nicht eine hohe und beliebte Form des Predigens? Und Geschichten.

Und was waren die Glasmalereien und die Kreuzwege und die biblischen Gemälde (alle mit den Kleidern, Landschaften und dem Gesicht der Zeit, *in der sie geschaffen wurden*), wenn nicht sichtbare Formen des Predigens und die Übersetzung Christi in die Erfahrungen der Menschen? Und Geschichten.

Und die besten schwarzen Predigten dieses und der letzten drei Jahrhunderte machen genau dasselbe – sie erzählen die Geschichten von Christus mit einem schwarzen Gesicht und die von Israel entsprechend der Erfahrungen von Schwarzen. Oder umgekehrt, sie erzählen die Geschichten ihres eigenen Volkes. Und seht! Plötzlich taucht Jesus darin auf. Nichts Mysteriöses dabei: Jesus ist das Mysterium.

Martin Luther King jr. beginnt seine Kundgebung „Ich habe einen Traum“, indem er auf ein Erlebnis anspielt, das er mit einem kleinen Mädchen hatte. Ebenso wie Petrus seine Predigt vor

Cornelius mit einer Anspielung auf die Erfahrung beginnt, die er gerade unter den Heiden gemacht hat. Ebenso wie Jesus Kinder auf seinen Schoß nimmt oder von einem Mann erzählt, der von Jerusalem nach Jericho reiste:

Aus der Erfahrung erhebt sich das Wort, um sich wieder in der Erfahrung niederzulassen. Geschichten sind mitgeteilte Erfahrung. Geschichten sind Wort und Erfahrung – ineinander verwoben.

Wenn Jesus eine Predigt mit den Worten beginnt: „Ein Mann hatte zwei Söhne“... Oh, ihr Priester! Warum können wir es nicht genauso machen?

Was ich jetzt erzähle, das ist wirklich so gewesen: Ich habe die Liebe meines Gottes zum ersten Mal durch die Liebe meines Vaters kennengelernt.

Ich bekam früher oft schlimmen Ausschlag, wenn ich mit den Blättern des Giftsumach in Berührung kam. Brennend rote Flecken breiteten sich über meinen Körper aus, blühten auf wie Gebirgszüge. Auf meinem Gesicht sonderten die Pusteln eine bernsteinfarbene Flüssigkeit ab, die sich zu einer bernsteinfarbenen Kruste verhärtete. Und der Ausschlag breitete sich überall aus – auf meine Kopfhaut, in meinen Nasenlöchern, auf meine Handrücken und so weiter. Fürchterliche Anfälle, die entsetzlich juckten. Ich war völlig am Boden zerstört.

Außerdem war ich davon überzeugt, daß sich das Zeug ausbreitete, wenn ich mich kratzte. Also übte ich mich im Stillhalten. Wenn ich wach war, konnte ich stundenlang in derselben Haltung vor dem Fernseher sitzen, ohne mich auch nur einmal zu rühren. Doch wenn ich schlief, verlor ich die Kontrolle und erwachte kratzend, mit brennender Haut. Also faßte ich einen Plan. Ich ließ mir von meinem Bruder bevor ich ins Bett ging, die Hände hinter dem Rücken fesseln – mit Seilen, Gürteln, Klebstreifen, was auch immer. Aber nichts funktionierte. Im Schlaf verwandelte ich mich in den großen Zauberer Houdini, schlüpfte aus den raffiniertesten Knoten meines Bruders und kratzte mir die Haut vom Leib. Ich, mein eigener Mörder!

Also faßte meine Mutter einen Plan. Sie hatte irgendwo gehört, Fels-Naptha-Seife sei ein hervorragendes Mittel gegen das Jucken.

Was sie *nicht* gehört hatte, war, daß man sich mit der Wäscheseife die Öle der Efeublätter von der Haut waschen sollte, und zwar innerhalb einer Stunde, nachdem man sie berührt hatte. Statt dessen hielt sie die Seife für eine Lotion. Darum bereitete meine Mutter, die keine halben Sachen machte, einen wunderbaren Schaum aus Fels-Naptha-Seife und trug ihn auf jede vom Ausschlag befallene Stelle an meinem Körper auf. Der Schaum trocknete und verkrustete sich, und ihr Sohn verwandelte sich in eine Mumie. Es ist schwierig, unter einem Überzug aus Fels-Naptha zu schwitzen. Schlimmer noch, das Zeug scheuerte an meiner Haut, so daß bei jeder Bewegung tausend Punkte gereizt wurden, die daraufhin in einen Juck-Freudentaumel ausbrachen und mich schier in den Wahnsinn trieben.

Mehr als je zuvor übte ich mich im Stillhalten. Ich lag den ganzen Tag auf meinem Bett; wild entschlossen, so bis an mein Ende auszuharren.

An einem Nachmittag, als sich meine Haut einigermaßen beruhigt hatte und ich völlig reglos im Bett lag, kam mein Vater ins Zimmer und setzte sich neben mich. Er wollte sich mit mir unterhalten – über alles mögliche, vor dem Abendessen, das ich nicht mit der Familie einnehmen würde.

Es war eine nette Unterhaltung. Mein Vater ist ein freundlicher Mann. Ich bewegte mich nicht und sah ihn nicht an. Aber ich konnte seine Stimme hören.

Nun gibt es gewisse Stellen am Körper eines Jungen, die er, so sehr er sich auch bemüht, nicht stillhalten kann. An dieser Stelle meines Körpers befand sich zu dieser Zeit ein Ausschlagpickel. Und dieser Körperteil begann sich zu bewegen. Also begann dieser einzelne Pickel zu jucken.

Das war mehr, als ich verkraften konnte. In diesem einen Augenblick waren alle Pläne der Welt und alle Heilmittel gescheitert. Das Leben war trostlos. Ohne meinen Kopf zu drehen, ohne auch nur zu schluchzen oder zu stöhnen, begann ich zu weinen. Die Tränen liefen an meiner Schläfe herab und sammelten sich in meinem Ohr. Ich meinte, sterben zu müssen.

Doch dann hörte ich ein ersticktes Geräusch zu meiner Linken.

Es war mein Vater. Er war aufgestanden. Seine Hände waren erhoben und leer. Sein Gesicht so voller Qual, als er meine Tränen sah, daß er sogar mir leid tat. Er drehte sich um, einmal um die Achse mitten im Zimmer, und er schien vollkommen hilflos. Dann schoß er auf die Tür zu und rief: „Die Zinksalbe!“ Und damit stürmte er hinaus.

Zinksalbe! Ich kannte mich mit Giftsumach aus. Ich wußte, daß Zinksalbe völlig nutzlos war, selbst wenn sie bis zu dem Ausschlag vordringen konnte. Aber *mein* Ausschlag war von einer Kruste aus Fels-Naptha-Seife bedeckt. Zwecklos. Absolut zwecklos.

Dennoch! Als mein Vater mit einer riesigen Tube von dem Zeug wieder erschien, als mein Vater neben dem Bett niederkniete, mich aufdeckte und begann, es mit seiner eigenen Hand ganz sanft aufzutragen, als die Augen meines Vaters feucht wurden angesichts meines Leidens, so daß ich staunend sah, daß meine Schmerzen tatsächlich zu *seinen eigenen Schmerzen* geworden waren und daß es *unsere Schmerzen* gewesen waren, die ihn im Laufschritt zur Apotheke getrieben hatten – als ich dieses Wunder sah und spürte, da geschah ein zweites Wunder: Der Ausschlag hörte auf zu jucken.

Das lag nicht an der Zinksalbe!

Das lag an der Liebe meines Vaters – und ich wußte es! Oh, es bewegte mein Herz bis ins Innerste, einen solchen Vater zu haben; einen, der sich in mich hineinversetzen und so mit mir leiden konnte, daß er mir mein Leiden abnahm.

Ich war ein besonderes Kind an jenem Tag, still und wachsam. Denn dies war die Liebe Gottes, verkörpert in einem Mann mit zurückweichendem Haaransatz und einem Bärtchen am Kinn und einem Geruch, den ich nie vergessen werde.

Vor wem war ich nackt? Wessen Hand bewirkte Wunder auf meiner Haut? Gott!

Hier entdeckte ich zum ersten Mal die Barmherzigkeit Gottes und solche großartigen Lehren wie die vom „stellvertretenden Leiden“. Und hier lernte ich, daß Liebe nicht ein Wort ist, sondern ein Ereignis, ein Opfer. Doch diese Begriffe kannte ich noch nicht, auch nicht die *theou logoi*.

Ich hatte schlicht und einfach die Macht Gottes erlebt.

Ich erzähle euch diese Geschichte, liebe Brüder und Schwestern, um zu sagen – erzählt Geschichten. Darin liegt die Fülle der Zeugenschaft.

Eine Weihnachtspastorale

Kind, deine Lippen sind nach unten gezogen. Gewichte hängen an deinen Mundwinkeln. Und irgend etwas quetscht deine Stirn zusammen. Die Furchen in ihr sind tief wie Ackerfurchen, und der Winter hatte sie im Frost erstarren lassen.

Was sind das für Gewichte? Woher kommen die Furchen?

Ach, sieh dich an. Deine Schultern sacken herunter, die Hände hängen schlaff herab, und deine Knie sind gebeugt. Tiefe Seufzer, ich höre sie. Tiefe Seufzer wehen aus dem Keller deiner Seele.

Komm! Setz dich! Sprich mit mir!

Und wenn du jetzt sprichst: Dein Sprechen schockiert dich selbst. Du brüllst.

Ich glaube, du hattest gar keine Ahnung, wie sichtbar dein Kummer, wie groß der Druck in dir waren, so daß mein Mitleid dich regelrecht aus dem Hinterhalt traf. Meine Augen durchbrachen deine Verteidigungslinien. Und weil meine Augen nicht wegsehen, bricht die Trauer aus dir heraus – Worte, Worte, Erinnerungen, Anklagen, Gründe für deine Verzweiflung. Dutzende von Gründen wirbeln wie Amseln durch das Zimmer und machen dich durch ihre bloße Anzahl schwindeln. Du wußtest gar nicht, daß du so viele Gründe hattest, traurig zu sein. Du wußtest nicht, daß du so voller Klagen warst. Gegen deinen Willen weinst du. Du schreist wegen deiner Tränen, die dich zornig machen, ebenso wie die gottverdammungswürdige Welt – bis dir die Tränen die Luft nehmen und du dein Gesicht in Toilettenpapier vergräbst, weil ich keine Taschentücher habe. Und jetzt willst du dein Gesicht nicht wieder zeigen.

Und ich höre zu.

Was ich tue? Ich mache dir eine Tasse Kaffee, ganz langsam, und klappere mit dem Löffel am Geschirr, um dich wissen zu lassen, daß ich damit beschäftigt bin, dich nicht anzustarren. Du brauchst Zeit und einen Leerraum, um dich selbst zu finden. Diese Tasse Kaffee ist mein Tribut an deine Würde. Hier! Zucker? Nein? Also, hier!

Du nimmst die Tasse und trinkst nicht. Du preßt die Tasse an deine Wange – vielleicht wegen der Wärme: Es ist ein bitterer

Winter. Die Ellbogen auf die Knie gestützt, starrst du zu Boden und beginnst wieder zu reden – gedemütigt, glaube ich, weil du die Beherrschung verloren hast. Mir fällt auf, daß du jetzt ganze Sätze bildest und versuchst, ein wenig populäre Psychoanalyse an dir selbst zu erproben. Ich lächle dich nicht an. Du bist kein Psychologe, und deswegen klingen deine Erklärungen billig, etwas pompös. Doch die Bemühung ist ernsthaft und rührend: Du ringst darum, mir zu beweisen, daß du dich doch in der Gewalt hast. Ich lächle nicht.

Ich höre zu.

Mein Gott, wie aufmerksam ich zuhöre! Denn wann werde ich diese Chance wieder bekommen? Ich weiß es nicht. Auf tausenderlei Weise signalisiere ich mein Zuhören. Ich nicke. Ich schürze meine Lippen. Ich sage: „Oh!“ Ich blinzele zustimmend zu einer scharfen Beobachtung. Ich bedecke meinen Mund, zupfe an meinem Kinn, beuge mich vor und beobachte genau die dunkle, unstete Mitte deiner Augen, aus denen du mir verstohlene Blicke zuwirfst...

Ich höre zu. Und endlich höre ich, daß all deine Probleme nur ein Problem sind.

Es ist ein schreckliches Problem, freilich, und furchterregend und in der Lage, dir grauenhaft weh zu tun. Aber es ist nur eines. Du hast das eine in viele zerteilt, denn es zeigt sich in tausend Formen, die alle ihre Quelle verbergen. Und du hast die *vielen* als deine Probleme akzeptiert, weil du diese eine Quelle nicht wahrhaben willst. Und warum nicht? Weil die Quelle in dir ist. Nein, weil du die Quelle *bist*. Und dir das einzugestehen, wäre die Hölle. Und wie ich das verstehe! Wir alle würden lieber unter hundert Problemen leiden, die von anderen Leuten verursacht sind, als eines zuzugeben, für das wir selbst die Verantwortung tragen müssen. Das wäre Selbstmord, nicht wahr? Dann bliebe nichts mehr von irgendeinem Wert übrig. Aber der Selbstmord, siehst du, stand am Beginn des Kummers, nicht an seinem Ende.

Und ich liebe dich, Kind. Ich liebe dich.

Darum hole ich, als du schließlich verstummt bist und das Schweigen genießt, das ich dir gewähre, als du ein- oder zweimal an meinem Kaffeebecher nippst und dich fragst, ob der Pastor etwas gegen Zigarettenrauch hat, furchtsam Luft, und ich beginne zu sprechen.

Furchtsam: Denn ich werde dir nicht beipflichten gegen alles, wogegen du wütest. Ja, es wird sogar ein wenig so aussehen, als ob ich mich gegen *dich* wende. Furchtsam: Denn ich werde dir die Wahrheit sagen, die du so sorgfältig verborgen hast. Es ist eine Operation. Aber jetzt – gerade jetzt, während diese Sache frisch zwischen uns auf dem Tisch liegt und alle Indizien am Licht sind – bist du verwundbar für die Wahrheit. Gerade jetzt, bevor du deine Augen vor dem Zigarettenrauch schließt und vergißt, daß du geweint hast, und dich wieder in harte Gewohnheit kleidest; gerade jetzt könnte dein Schmerz eine Veränderung auslösen statt neuen Zorn. Und wann werde ich diese Chance wieder bekommen?

Ich hole Atem und sage: „Warum hast du den Herrn gebeten, dein Leben zu verlassen?"

Du wirfst mir einen Blick zu, als hätte ich das Thema etwas zu abrupt gewechselt. Aber das habe ich nicht. Deine Nase bläht sich, als würdest du einen gefährlichen Haken wittern. Da liegst du übrigens vollkommen richtig.

„Verstehst du nicht?" frage ich. Ich flüstere. „Als du Jesus fortgeschickt hast, hast du auch deine Kraft fortgeschickt." Deine Augen sinken zu meinem Kinn herab. Jetzt habe ich den Namen schon zweimal erwähnt. Hattest du wirklich gehofft, ich wäre ein Pastor, der es unter seiner Würde findet, von Jesus zu reden?

Ich spreche sehr leise und sehr schnell. „Als du Christus fortschicktest, hast du die Ursache der Freude verleugnet. Damit hast du den Grund allen aufrichtigen Lächelns verloren (obwohl sich das Lächeln noch eine Zeitlang an dein Gesicht klammerte, so daß du die Abwesenheit Christi nicht mit dem Verlust des Lächelns in Verbindung brachtest). Darum hängen deine Schultern so tief, alter Freund, und daher kommen die Gewichte an deinen Mundwinkeln und in deinem Herzen. Mein Freund – warum hast du beschlossen, dein eigenes Gesetz zu werden, dein eigener Herr, der Meister deines eigenen Daseins? Du bist nicht gut darin. Sieh dich an! Sieh dir an, wie du gescheitert bist. Wenn das Wurfmal verdorben ist, gib die Schuld nicht dem Platzwart. Gib sie dem ..."

„... Werfer!“ Dein Wort: dazwischengeworfen, um zu zeigen, daß ich dir nicht voraus bin. Doch die zweite Zigarette folgt zu rasch auf die erste. Deine Seele windet sich. Ich vermute, daß du nach Gründen suchst, mich nicht zu mögen, mich zu verurteilen oder zumindest zu verspotten. Auf diese Weise könntest du meine Worte entwerten. Oder vielleicht bemitleidest du meine armselige, predigerhafte Unwissenheit, meinen weltfremden Idealismus, der mich zu naiv sein läßt, um die Wahrheit zu erkennen.

Aber ich liebe dich, Kind, und ich bleibe hartnäckig.

„Nicht ich“, sage ich, „sondern der Herr. Es ist der Herr selbst, der dich im Augenblick aus der Ruhe bringt. Nicht ich, obwohl du mir nicht in die Augen sehen kannst. Nicht ich, der unsere jahrelange Freundschaft durch frommes Gerede zu verraten scheint. Es ist der Herr, dem du aus dem Weg zu gehen versuchst. Vielleicht hast du Angst vor seiner Rückkehr? Glaubst du, er wird kommen, um dich zu verurteilen? Nein, es ist noch schlimmer: Du glaubst, du würdest sterben, wenn er kommt, all das Mobiliar deines Lebens zerstört sehen, das heikle Gleichgewicht gegen die Leere. Nun, mit dem letzteren“, flüstere ich und beuge mich vor, „hast du recht. Meister sterben beim Kommen des Meisters ...“

Jetzt bist du absolut still. Dein Blick ist verschleiert, als hättest du den Grauen Star. Und obwohl du in meine Richtung schaust, siehst du nicht mich an. Du machst keine Zugeständnisse, nicht mit deinen Augen; nicht einmal das geringste Zugeständnis, nämlich daß du vielleicht zuhörst. Zugeständnisse, glaube ich, machen dir Angst. Sie tragen schwarze Kapuzen und verbergen ihre Gesichter und könnten dir am Ende den Kopf abschlagen.

Oh, ich möchte um dich weinen – du bist so zäh! Du stolzierst wie die Kinder, die ihre Eltern nachäffen. Dabei bist *du* der Erwachsene und äffst Kinder nach! Du, dein einziger, größter Feind. Du, du, um *deinetwillen*, willst du mich nicht ansehen?

Dies ist die härteste Zeit für mich. Ich weiß wirklich nicht, ob ich diesen Moment gewinne oder verliere. Dein Gesicht verrät nichts: Keinen Kummer mehr, denn der war Verwundbarkeit (aus meiner Sicht kostbar, aus deiner Sicht so gefährlich), keine Hoffnung, keine Freude, keinen Schmerz, keine Freundschaft. Nichts.

Ich möchte um uns beide weinen. Denn ich liebe dich ...

Darum bleibe ich hartnäckig, mit einer Stimme, so rein wie ihre Botschaft, gereinigt von meinen Gefühlen. (Herr, laß meine Worte wie Schnee für ihn sein!)

„Um Gottes willen, hab keine Angst", sage ich. „Sein Kommen wird dich verwüsten, ja. Aber es wird dir nicht auf die Art wehtun, wie du denkst. Er wird genauso in dich hineinkommen, wie er zum ersten Mal in die Welt gekommen ist: Weihnachten, alter Freund! Ein Baby, das empfangen wird und heranwächst. So kommt er in dich hinein.

Hör mich an", sage ich, aber ich berühre nicht dein Knie. Du hast es zu einem Holzklotz gemacht. Verfluchst du dich dafür, daß du dich mir anvertraut hast? „Es beginnt mit Freude", sage ich, „wie wenn ein Mann und eine Frau einander lieben, nur daß es Gott und die Menschen sind..."

„Penetration", murmelst du, und ich lache laut auf. Daß du überhaupt gesprochen hast, ist schon etwas. Und ich fasse dein Wort als Scherz auf. Du kannst meine Metapher nicht ins Lächerliche ziehen, denn das ist genau das, worum es geht.

„Penetration! Richtig. Und du, alter Freund, bist die Frau, die nichts tun kann als aufhören, es zu leugnen. Du läßt deine Arme sinken. Ganz ungeschützt liegst du vor dem mächtigen Gott, hilflos unter dem Heiligen. Penetration! Das gefällt mir. Und dann ist das Leben, das durch diese süße Vereinigung entsteht, klein und in den Tiefen deines Wesens verborgen. Aber es ist da! Unabhängig, mächtig, lebendig in dir, und es wächst.

Und dann wird sich dein Geist manchmal nach innen auf die Bewegungen des Babys richten. ‚Ah,' wirst du plötzlich seufzen und nach deiner Seite greifen, ‚da hat mich etwas getreten.' Du wirst deine Augen schließen und versuchen, das Wunder zu begreifen: Gott in dir. Und die Welt, die dich beobachtet, wird sich über dein stilles Staunen wundern. Sie werden sagen: ‚Was ist über dich gekommen?'

Siehst du? Das ist das erste Stadium seiner Rückkehr in dich. Weihnachten.

Doch dann die Entbindung, die Geburt, alter Freund. Nicht für immer kann der Christus in dir verborgen bleiben, sondern er wird in dein sichtbares Leben geboren werden – mit Mühe und Schmerzen auf deiner Seite, freilich! Aber auch mit einem freudigen Schrecken: Er ist da! Er lebt! So sieht er aus, den ich im stillen geliebt habe, der in mir war und doch schon ewig vor mir.

Er wird sichtbar leben in deinen Taten und Handlungen. Mutterpflichten werden deine zitternde Aufmerksamkeit auf sich ziehen, eine besorgte, sehnsüchtige Wachsamkeit. Deine Sprache wird sich verändern. Die Leute werden dich ansehen und etwas Neues an dir bemerken, und sie werden seinen Namen wissen wollen, und du wirst sagen: ‚Jesus', und sie werden davongehen und sich immer noch wundern. Aber du wirst lächeln, wie es jede Mutter täte.

Das ist das zweite Stadium seiner Ankunft hier: Weihnachten.

Schließlich wird er wachsen, wie Kinder wachsen. Er wird reifen, bis er sich als stärker, breiter als du erweist und weiser. Dann, alter Freund, ist der Schmerz vorüber, wenn er, den du für ein kleines Kind *gehalten* hast, vor dir steht als der Herr und du wieder zugibst, *selbst* das Kind zu sein. Dann ist der Schmerz vorüber, wenn du eingestehst, wie dumm es von dir war, der Meister deines eigenen Lebens sein zu wollen, wenn du doch einen solchen Meister hättest haben können. Dann ist er es, der deine Hände hebt und deine schwachen Knie stärkt und deinen Gang aufrichtet, der deine Stirn glättet und dir das Leben zurückgibt und deine schlaffen Lippen zu einem Lächeln bringt. Wenn du zuerst bei seiner Empfängnis gestorben bist. Wenn du dich der furchtbaren Penetration ausgeliefert hast ..."

Ich beuge mich vor. Ich will nicht aufhören zu reden, denn wann bekomme ich wieder so eine Chance? Aber jetzt schwinden mir die Worte aus dem Mund, und als nächstes werde ich mich wiederholen, und in meinem Herzen hämmert schon die Wiederholung: Habe ich es richtig gesagt? Ich bin ein wenig atemlos. Zwei Minuten lang versuche ich das zu kontrollieren, dann bemerke ich, daß mein eindringlicher Blick dich in Verlegenheit bringt.

Das ist falsch. Ich sollte dich nicht in Verlegenheit bringen.

Wie ein bloßgestellter Liebhaber senke ich meinen Blick. Ich lege die Hand über meinen Mund. Der Schnee streichelt die Fenster. An deiner Zigarette hängt fünf Zentimeter lang die Asche, herabgebogen wie eine Augenbraue. Sie ist bis auf den Filter niedergebrannt, und der Filter steckt zwischen deinen Fingern. Es ist still hier.

Draußen vor meiner Tür ist eine leere Zuflucht. *Schusch*, sagte der Schnee. Und du sagst nichts.

Es liegt an mir, dich zu befreien, *auf die eine oder die andere Art*, auf die eine oder die andere Art. Das heißt, ich muß signalisieren, wann unser Gespräch zu Ende ist. Du wirst es nicht tun. Du wartest. Du hast beschlossen, nur durchzuhalten.

Lieber Gott! Was habe ich dir angetan?

Ich flüstere: „*Weihnachten*, Kind."

Und das ist alles.

Du stehst sofort auf. „Auch Ihnen fröhliche Weihnachten, Pastor", sagst du, und: „Wo kann ich die Tasse abstellen?" Sie ist voll mit Kaffee. Du dankst mir. Du bist jetzt sehr gefaßt, und niemand würde ahnen, was für einen Riß in deiner Seele ich noch vor einer Stunde gesehen habe. Bin ich hindurchgedrungen, bevor er wieder zugenäht war? Du verrätst nichts. Ich kann in deinem ausdruckslosen Gesicht nicht lesen: Schnee auf einem gefrorenen Feld. Du schüttelst mir die Hand, und dann verläßt du mich, und ich halte deine Tasse.

Ach, ich bete, während du gehst. Aus tiefstem Herzen bete ich, daß du mir *nicht* eine schöne Vorstellung deiner Unabhängigkeit gibst, daß du *nicht* beschlossen hast, „mit deinen Problemen allein fertigzuwerden", als Meister deiner Seele und gut abgeschirmt von diesem Jammerlappen Religion. Ernstlich bete ich, daß du hinausgehst, um deinem Weihnachten zu begegnen, jener schmerzhaften Empfängnis, jener mühseligen Geburt, dem Leben!

Aber letzten Endes weiß ich es nicht. Ich kann es nicht sagen. Alles, was ich im Augenblick habe, sind die Spuren deiner Stiefel auf der verschneiten Straße, und selbst die füllen sich schon wieder. Ich muß lange warten, sehr lange, bis ich die Anzeichen von Weihnachten in deinem Gesicht sehe. Aber ich werde warten. Ich werde warten. Kind, ich werde ein Leben lang warten. Denn ich liebe dich.

Knechte des Kreuzes

Schließlich bin ich davon überzeugt, daß wir nicht dazu berufen sind, in diesem Dienst irgendwelche Erfolge vorzuweisen. Wir sind berufen zu lieben.

Was heißen soll, daß wir berufen sind zu scheitern – voller Eifer und Freude.

Um zehn gerechter Menschen willen vernichtet Gott die Welt nicht. Dies sind die Lamed Vavnik. Sie leben verstreut in beliebigen Nationen unter dem Himmel, gehören irgendeiner beliebigen Klasse an und gehen jedem nur erdenklichen Beruf nach. Und sie sind unsichtbar für die Welt. Ja, nicht einmal sie selbst kennen die Bedeutung ihres Lebens. Gerade diese Unwissenheit *ist* ihre Gerechtigkeit. Sie leben einfach, so glauben sie, wie andere Leute auch leben. Doch der Himmel sieht den Unterschied.

Und dies ist die Gnade Gottes: daß, wenn einer der Lamed Vavnik stirbt, Gott einen neuen erhebt.

Ich hörte diese Geschichte von einem Freund. Er sagte, es sei eine alte chassidische Legende.

Ich glaube daran.

Dritter Teil: Der Leib Christi

Rahel

„Ich such' nur meine Enkelkinder. Ham Sie vielleicht meine Enkelkinder geseh'n?"

Hin und wieder jammert in meinem Kopf die Stimme der alten Frau, bekümmert mich, drängt mich – der ich nichts tun kann –, doch irgendeine Kleinigkeit zu tun. Diese bescheidenen Bitten sind die schrecklichsten, denn sie sprechen das Gewissen an, und das Gewissen läßt sie ewig widerhallen, bis ich mich beuge und es beruhige.

„Was willst du von mir, Frau?"

Das Gewissen. Menschliche Gemeinsamkeit. Die gemeinsame Sprache des Herzens, die du sprichst und die ich verstehe, obwohl ich manchmal so tue, als verstünde ich sie nicht, doch wir sind Glieder desselben Leibes, verschiedene Gliedmaßen, und mir ist befohlen, zu verstehen.

Frau, still!

Ich werde etwas tun.

Ich werde dich Rahel nennen. Und ich werde deinen Schrei verstärken, indem ich ihn aufschreibe, und damit werde ich die Ohren der Menschen füllen.

An einem Dienstagabend um elf verließ ich mein Büro, verschloß die Tür und trat hinaus in die dunkle Nacht und den Nieselregen. Öliger Beton in der engen, zerklüfteten Stadt. Als ich in meinen Wagen stieg, waren meine Haare und Füße schon feucht – und mein Geist. Eine Weile blieb ich ganz still sitzen, müde.

Am Ende eines Tages ist es nichts Ungewöhnliches, sich ein absolutes Ende zu wünschen und diesen Traum zu pflegen.

Doch dann hörte ich etwas wie ein Heulen durch das Flüstern des Regens: „Huh-uuuh! Huh-uuuh!“

Eine schreiende Katze?

Nein, es war eine hohe, brüchige, verzweifelte Stimme, als ob jemand ohne Worte „Bitte, bitte“ jammerte. Zwei einfache Töne, ein hoher und ein tiefer, ein schlichtes Lied. Doch ich sah niemanden und hätte den Laut wohl meiner eigenen Erschöpfung oder dem fernen Bremsen eines Wagens zugeschrieben, wenn er nicht immer beharrlicher geworden wäre und ich ihn, als ich die Wagentür öffnete, nicht lauter gehört hätte: „Huh-uuuh! Huh-uuuh!“

Es kam aus der Sackgasse. Lauter, doch unendlich geduldig.

„Huh-uuuh!“

Dann tauchte eine gebeugte Gestalt aus der Gasse auf und blieb am Eingang stehen, und das Heulen verwandelte sich in Worte. „Es sind keine schlechten Jungs. Es is’ nich’ so, daß sie schlecht sind, o nein“, sagte sie. „Ich such’ sie nur, wissen Sie. Aber meine alten Augen sind trübe, und ich find’ sie einfach nich’.“ Sie wandte sich zur Seite und hob eine Hand: „Huh-uuuh!“ Dann zur anderen Seite, wie eine schlechte Nachahmung einer Rednerin: „Huh-uuuh!“

Sie redete. Aber da war niemand, absolut niemand in der Nähe der Frau, weder Begleiter, die ihren Worten zugehört hätten, noch Enkelkinder, die auf ihren Ruf hin erschienen wären. Sie war allein.

Ich stieg aus dem Wagen und blinzelte durch den Nebel.

Das Licht der Straßenlampen glitzerte auf ihrem Gesicht, knorrig, runzelig, tiefdunkel und härter als eine schwarze Walnuß. Sie trug eine Männerjacke und Männerschuhe. Ihre Augen fuhren unruhig nach links und nach rechts, so vertieft in ihre Suche, daß sie mich gar nicht sah. Sie war ein winziges Persönchen von einer Frau.

„So spät noch draußen“, sagte sie, „und das ist auch keine Gegend für Sie. Und es ist eine schmutzige, regnerische Nacht. Huh-uuuh! Huh-uuuh!“

Mit wem redete sie? Mit Gott? Mit der blicklosen Nacht? Aber ihre Absicht war so unbestreitbar richtig, daß ich sie jetzt nicht alleinlassen konnte; und es war klar, daß eine Mischung aus Liebe und Sehnsucht sie hinaus in den Regen getrieben hatte.

Ich hustete.

„He, Mann!" Jetzt sah sie mich. „Ich such' nur meine Enkelkinder."

Sie kam sofort und umklammerte meinen Arm wie mit einer Vogelklaue, ihr Kopf war auf der Höhe meiner Brust. Ich roch ihr dichtes, gepflegtes Haar. Regentropfen hingen an Ohrläppchen, die vor langer Zeit durchbohrt worden und eingerissen waren. Sie scheute sich nicht, mir in die Augen zu sehen. „Vielleicht ham Sie meine Enkelkinder geseh'n?"

„Nein, ich glaube nicht", sagte ich, obwohl ich mir mit ganzem Herzen wünschte, ich hätte sie gesehen. Ich dachte an braune Kleinkinder, die in Pfützen umherplanschten. „Wie alt sind sie denn?"

„Oh, es sind prächtige große Jungs", nickte sie, ohne ihren Blick von mir abzuwenden. „Jeder von ihnen könnte Ihnen auf den Kopf spucken, Mann." Ich bin einsdreiundachtzig. Dann waren sie also groß, diese Jungs. Sie brauchten mich nicht.

Mein Wunsch, ihr behilflich zu sein, löste sich in dem kalten Nieselregen auf.

Aber die Frau meinte es ernst. Ihre Finger waren zwischen Muskel und Armknochen eingesunken. „Wie lange", fragte ich, „vermissen Sie Ihre Enkelkinder denn schon?"

„Werden Sie suchen?" fragte sie und ließ ihre hellen, alten Augen die meinen durchbohren. Sie hob ihre andere Hand zu meiner Wange empor.

„Nun", sagte ich lahm – sie überrumpelte mich, indem sie meine Wange berührte –, „ja!"

„Oh, Gott segne Sie, mein Sohn!" sagte sie. „Sie sind jetzt schon seit zwei einsamen Jahren weg, und ich glaube, sie leiden, Mann, und ich habe Angst, daß sie in Schwierigkeiten sind. Oh Mann, helfen Sie mir, sie zu finden!"

Zwei Jahre! Ich stammelte herum, wie es gebildete Leute tun, deren Bildung sich angesichts des nackten, spaltzüngigen Tieres als bedeutungslos erweist.

„Mann?" Sie zog mein Gesicht hinab, so daß ich sie ansehen mußte.

„Ja, Ma'am?"

„Versprochen? Sie benutzen die Macht, die Jesus Ihnen gegeben hat? Sie helfen mir, sie zu finden?“

Sie hatte keine Zähne. Schwarzes Zahnfleisch, eine flinke rote Zunge und Linien um ihre Augen, die ihre Seele einhüllten.

Ich sagte: „Okay.“

Sofort ließ sie mich los, vergaß, daß ich dort stand, und humpelte zur Governor Street hinab, immer winziger werdend: „Huh-uuuh! Huh-uuuh!“

Verrückt, dachte ich, als ich tropfend am Steuer meines Wagens saß und nach Hause fuhr. Hoho, verrückte alte Frau! Mitternachtsveilchen!

Und trotz meines Versprechens versuchte ich, ihre verzweifelte, geduldige, mühselige Suche nach ihren Enkelkindern zu vergessen.

Aber sehen Sie, ich kann sie nicht vergessen. Wie Gewissenskrämpfe kommt ihre Stimme immer wieder in mir hoch. Bestimmte Anblicke, bestimmte Geräusche lösen den Ruf aus, und ich stöhne, wenn ich mich an ihr Gesicht erinnere, diese schwarze Walnußschale. Weder der Regen noch die späten anstrengenden Abende sind es, obwohl man das aufgrund der gedanklichen Verbindung meinen könnte. Nein, es ist eine moralische Erinnerung.

Ich werde Ihnen jetzt sagen, wann ich das flehende Lied höre: „Huh-uuuh.“

Wenn ich prächtige junge Männer in dem Bayard Park neben meinem Haus streunen sehe...

Sie tragen Bierbüchsen und Flaschen in Sechserpacks. Sie trinken, sie lachen ohne Rücksicht auf irgend jemanden, sie starren mit leeren Augen in den makellos blauen Himmel, sie hinterlassen ein ausgesprochen asoziales Chaos. Und unwillkürlich frage ich mich mit der rührenden, dem Verstand unzugänglichen Haltung der verrückten Frau: Sind dies ihre Enkelkinder? Diese hier, die Gutaussehenden, Starken und Verlorenen? Wissen sie, was sie ihr angetan haben? Hören sie nicht den Ruf der alten Frau? „Huh-uuuh“?

Da haben Sie meinen Verstand und meine Bildung. Die Frau hat mich mit ihrer Verrücktheit angesteckt.

Oder wenn ich die prächtigen jungen Männer vor meinem Haus rieche...

Rieche, weil ihre Autofenster offen sind und sich der scharfe Rauch von Marihuana nicht verbergen läßt. „Huh-uuuh!" Und sie versammeln sich vor Docs Schnapsladen. Sie, die mir auf den Kopf spucken könnten, die von einer alten suchenden Frau geliebt werden. Sie parken am Eastland-Einkaufszentrum, und sie fahren wild über die Nordumgehung, über die Ost- und Westumgehung in lauten, rücksichtslosen Autos. Und sie wohnen in tausend Häusern in der ganzen Stadt; schwere Gewichte an einem ohnehin schon behinderten System. Prächtige Jungs, die beschlossen haben, ausschließlich nach ihren eigenen Wünschen zu leben, angefüllt mit ihrer eigenen Langeweile, alles vergessend.

„Ist diese alte Dame eure Großmutter?", möchte ich fragen. „Wißt ihr nicht, daß jede private Entscheidung, die ihr für euch selbst trefft, in Wirklichkeit gar nicht privat ist, sondern ihr weh tut? Wißt ihr nicht, daß sie immer noch sucht, eine einsame Gestalt in der Nacht, daß sie euch immer noch sucht? Es gibt keine privaten Entscheidungen. Es gibt nicht so etwas wie ‚eure eigene Angelegenheit'. Alles selbstsüchtige Handeln schadet denen, die euch lieben!"

Nein! Die Frau ist nicht verrückt. Sie hat einfach eine Liebe, die vor der Wirklichkeit nicht aufgibt – und das sieht nur aus wie Verrücktheit. Sie ist Rahel.

„Ein Geschrei ist in Rama zu hören, bitteres Klagen und Weinen. Rahel weint um ihre Kinder und will sich nicht trösten lassen, um ihre Kinder, denn sie sind dahin."

Oh, geht zurück nach Hause, ihr prächtigen, streunenden Jungs, so voller Verheißung, so voll von euch selbst! Verneigt euch vor der verrückten, barmherzigen Rahel. Bittet sie um Vergebung. Dann gebt ihr Liebe für ihre Liebe.

Pfennige für schöne Augen

Mütter, liebt eure Kinder nicht zu sehr
    mit Küßchen, Geschenken und so;

Ihr weint, wenn sie fliehen von eurem Knie.
    Bitte, Mutter, lieb' mich nicht.
Denn was machen sie sich aus deinen zwei Küssen?
    Sie denken, daß sie es nicht anders verdienen:
eins, weil sie hübsch sind, eins, weil du frei.
    Ach, Mutter, lieb' mich nicht.
Denn was machen sie mit deinen vier Küssen?
    Sie nehmen sie mit, wenn in den Krieg sie zieh'n;
was bleibt dir dann noch, wenn sie niedersinken?
    Du, Mutter, lieb' mich nicht.
Oder wo vergeuden sie deine fünf Küsse?
    Auf den Straßen, mit albernem Geschwätz.
Sie hängen mit dreißig noch an der Brust.
    Nein, Mutter, lieb' mich nicht.
Und warum fleh'n sie dich an um zehn Küsse?
    Um zu beweisen, daß Männer sie sind.
Doch dann kann jede Frau ihre Mutter sein.
    Nicht, Mutter. Lieb' mich nicht.
Und wann zahl'n sie heim deine zwanzig Küsse,
    wenn das Geld ihnen prall die Taschen füllt?
Nein – du bist dann alt und gehst tief gebeugt.
    Oh, Mutter, lieb' mich nicht.
Oh, Mütter, liebt eure Kinder nicht zu sehr,
    mit Leib und Seele und Haut;
Sie graben tiefe Furchen in eure Wangen.
    Liebe Mutter! Lieb' mich nicht!
    Meine Mutter – sie weiß
    die Wahrheit genau;
doch mit roten Pfennigen zahlt sie den Preis:
    Meiner Mutter Kuß
    war ein williges Muß,
ihre Liebe ein Opfer, still und leis,
bis ihre Augen zum Weinen nicht mehr taugen.

Leib Christi, du bist eine Frau!

Der Schmerz der Geburt eines Kindes ist nicht eins und einmalig.

Er ist zweifach, und er kommt zweimal. Ich staune über die Liebe, die sich in einem solchen Wunder offenbart.

Zweifach: Es gibt zwei Arten von Leiden, die das körperliche Tragen von Kindern in diese Welt begleiten. Die erste ist, daß eine Frau in ihrem Körper Raum für ein Baby schaffen muß. Indem sie das tut, opfert sie eine ganze Reihe persönlicher Vorteile: ihre Figur, ihr hormonelles Gleichgewicht, ihre Energie, ihre Freiheit, in jeder beliebigen Position zu schlafen, ihre Schönheit (so empfindet sie manchmal) und mit alledem auch ihr Selbstwertgefühl.

Habe ich dieses Opfer ein Leiden genannt? Nun, das ist es, nehme ich an. Doch das Wunder ist, daß dieses Leiden auch die plötzlichen Anfälle von Freude enthält und daß beides zusammenkommen sollte. Die Frau, die stöhnt, ist dieselbe, die lacht, wenn sie das Leben in sich spürt – und das bringt mich zum Staunen.

Das zweite Leiden des Kinderaustragens ist das Gegenteil des ersten. Nachdem sie Raum für das Baby geschaffen hat, muß sie nun diesen Raum wieder entleeren. Es spielt keine Rolle, wieviel sie in das Tragen dieses Kindes eingebracht hat. Am Ende von neun Monaten wird sie aufgefordert, es aufzugeben, sich von ihm zu trennen, es gesund und schreiend auf die Welt zu bringen. „Geh hinaus aus mir", sagen ihre Muskeln; ihr Schoß, ihre vorgebeugte Haltung, ihr ganzes Selbst sagt zu dem Kind: „Geh hinaus aus mir, damit du sein kannst."

Und das ist Leiden. (Die Arbeit ist so schwer.) Doch auch dies enthält einen überwältigenden Anfall der Freude. (Hier ist Leben!) Und ich staune darüber, daß zwei solche Dinge gemeinsam bestehen können.

Zweimal: Jeder vernünftige Mensch würde denken, daß eine Aufführung dieses eigenartigen Dramas der Liebe ausreichen müßte. Einmal die Mühe, Raum zu schaffen; einmal die Mühe, ihn wieder zu leeren. Doch von der Mutter wird gefordert, all das noch einmal zu tun.

Denn nun ist das Kind nicht mehr in ihrem Körper, sondern in ihrem Leben.

Wieder opfert sie eine ganze Reihe persönlicher Vorteile, um dem Kind den Raum zu geben, in dem es wachsen kann. Ihr Zeitplan wird tausendfach durch seine unplanmäßigen Bedürfnisse unterbrochen. Ihre Energien werden geteilt. Ihr Gefühl, etwas geleistet zu haben, wird jedesmal erschüttert, wenn sie z.B. die Wäsche macht, ohne auch nur das geringste Zeichen der Dankbarkeit dafür zu bekommen, weil das doch selbstverständlich ist. („He, Mama! Wieso sind meine Hosen noch nicht fertig?") Ihr Haar hängt ihr so oft ins Gesicht, bis sie sich selbst für häßlich hält. Und wenn sie zum Friseur geht, wird sie gefragt: „Warum hast du das gemacht? Willst du heute abend weggehen? Und wer paßt dann auf uns auf?"

Sie wird müde. Sie geht früh zu Bett, und ihr Mann sagt: „Was ist los? Bist du krank? Willst du nicht mehr mit mir zusammensein?"

Sagte ich Leiden? Gewiß. Doch gleichzeitig – und das ist fast zu hoch für mich – enthält es die plötzlichen Anfälle der Freude. Sie lacht, wenn sie sieht, wie sich das Leben ihres Kindes entfaltet, wie es geht, redet, das Laub zusammenrecht, alleine Kuchen backt. Wie ist es möglich, daß sie beides kann?

Dann kommt zum zweiten Mal das zweite Leiden.

Wenn das Kind erwachsen wird, muß sie es nicht aus ihrem Körper gebären, sondern aus ihrem Haus, hinaus in die Welt, weil es ein unabhängiges Wesen geworden ist.

Es spielt keine Rolle, wieviel sie eingebracht hat, um es großzuziehen. Durch alle möglichen Stadien hindurch müht sie sich jetzt, es loszulassen. Stück für Stück lockert sie die Zügel; wohl eingedenk der Gefahren, denen sie es ausliefert, doch in Furcht vor der größeren Gefahr, sich für immer an ihr Kind zu klammern. Und nun ist ihr Schmerz der Schmerz, den das *Kind* auf seinem eigenen Weg erleben wird. (Wird es in einem Dasein ohne Fürsorge überleben und gedeihen?) Und dann noch der Schmerz der Einsamkeit. Um zu *sein*, muß das Kind *gehen*.

Das ist der mühseligste Teil des Elterndaseins.

An meinem ersten Tag in der ersten Klasse geriet ich in Panik. Ich weinte und rannte zurück zu dem Auto, in dem meine Mutter saß; rannte, so schnell ich konnte, bevor sie wegfuhr.

„Mama! Nimm mich mit nach Hause!"

Ich hatte mir vorgestellt, sie würde sich freuen, mich zu sehen und zu entdecken, daß meine Sehnsucht nach ihr, nach ihrer Liebe und ihrem Schutz unvermindert war. Ich saß lächelnd auf dem Vordersitz und hörte innerlich schon die Zündung des Motors, noch bevor sie den Schlüssel herumgedreht hatte. Sie drehte ihn nie herum.

Erst jetzt verstehe ich ihre Tränen, als sie mich an der Hand nahm und mit mir zurück in die Schule ging.

„Mama, hast du mich nicht mehr lieb?"

„Natürlich habe ich dich lieb! Und wie sehr ...!"

Was sie im Grunde sagte, war: „Geh weg von mir – damit du *sein* kannst."

Hier bin ich also, habe die erste Klasse längst hinter mir, ich habe sogar Bücher geschrieben wie ein unabhängiger Erwachsener, und es ist getan. Meine Mutter hat über die Trennung getrauert. Doch durch ein Wunder bin ich ihre Freude und ihr Stolz. Beides. Es ist ein staunenswerter Akt der Liebe.

Man hat die Gottheit männlich gemacht, und entsprechend diesem Geschlecht habe ich ihn erfahren. Doch wenn man von der erschaffenden und neu erschaffenden Liebe dieser Gottheit sprach, glitten die Worte ins Abstrakte und verfielen zu dünnem, analytischem Theologisieren. Diese Liebe blieb meinem Verstand überlassen, doch mein Herz konnte sich nirgendwo festhalten und hing hilflos im Leeren. Ich dachte an einen Töpfer, und ich war ein Gefäß. Ich dachte an den Staub der Erde, und ich war immer noch ein Gefäß. Es ist schwer, sich das Leben als Gefäß vorzustellen, und unmöglich, es zu erfahren.

Auf der anderen Seite gestand man der Kirche zu, die Heilige Mutter zu sein – und das schlug eine Saite an und traf auf warmherzige Erinnerungen. Diese Geschichte kenne ich aus Erfahrung sehr gut.

Gott brachte mich wie eine Mutter ins Dasein. „Dieser große Gott", singt James Weldon Johnson,

wie eine Mutter sich über ihr Baby beugt,
kniete sich in den Staub,

mühte sich mit einem Klumpen Erde,
bis Er ihn zu Seinem Bild geformt hatte.

Dieses „Er ... zu Seinem Bild“ ist eine kühle Berechnung; Techniker und Bildhauer tun das gleiche, und das Ergebnis ist Stahl oder Stein. Auf der anderen Seite, das „wie eine Mutter sich über ihr Baby beugt“ – *daran* erinnere ich mich! Ich habe selbst solche Liebe empfangen. Und das Ergebnis ist Fleisch und Blut. An der Brust meiner Mutter entdeckte ich die erschaffende Liebe Gottes.

Und dann, innerhalb der Kirche, war ich geschützt, um wachsen zu können, genährt mit übernatürlicher Speise, gekleidet in ein weißes Gewand, und am Tag meiner Konfirmation frei, meinen persönlichen Glauben an Gott auszusprechen, mit einer Stimme, die nicht der Kirche gehörte, sondern mir selbst! So schuf die Kirche Raum für mich. Und dann stellte mich die Kirche von Angesicht zu Angesicht vor Gott. Innerhalb und außerhalb des Hauses meiner Mutter entdecke ich in tieferem Sinne die neu erschaffende Liebe Gottes.

Was für eine Geschichte sollte ich sonst erzählen, um die Menschen von der schöpferischen Liebe Gottes zu überzeugen, als die Geschichte, die durch meine Gegenwart und mein Dasein erzählt wird? Denn ich wurde aus dem Schoß geboren. Und welche andere Geschichte würde die Wurzeln ihrer tiefsten Erinnerungen besser treffen als die, die von den Armen spricht, die das Baby halten? Einmal waren sie *alle* Babys.

Leib Christi – auch wenn Christus im Fleisch ein Mann war –, dich, dich sehe ich als eine Frau und als meine Mutter!

Ich nehme an, daß es das Vorrecht des Herrn ist, seinen Leib auch zu seiner Braut zu machen – eine Mischung beider Geschlechter in einer Person, die so verblüffend ist, daß wir sie schwierig und beängstigend finden und deswegen absichtlich übersehen.

An Joseph zur Konfirmation

Joseph, mein Sohn, ich bin stolz auf Dich.

Morgen wirst Du vor einer lächelnden Versammlung der Gläubigen, vor Leuten, die Dich von Deiner Geburt an auf Händen getragen haben, Deinen Glauben an Christus bestätigen. Ein kühner Schritt, mein Kind, aufregend und beängstigend zugleich. Du kannst danach nicht mehr derselbe sein, und auch Deine Beziehungen zu anderen können nicht unverändert bleiben.

Kind, mit Deiner morgigen Konfirmation fängst Du an, nicht mehr mein Kind zu sein.

Du beginnst ernsthaft mit der schmerzlichen, persönlichen und schließlich triumphierenden Anstrengung, „erwachsen zu werden". Du trittst in die Phase ein, die Dich, wenn Du sie verläßt, zu einem Erwachsenen gemacht haben wird. Diese „Entpuppung", mein Joseph, ist etwas, das von prosaischen Gemütern „Pubertät"genannt wird, aber auch etwas, das Söhnen und Töchtern derart heroische Anstrengungen abverlangt, daß Dein Vater sich gedrängt fühlt, Dir jetzt zu sagen, daß er stolz auf Dich ist.

Du wirst Dir dessen wohl kaum bewußt sein. Doch indem Du Dich als Kind Gottes bezeichnest, erklärst Du Deine Unabhängigkeit von Deinen irdischen Eltern. Du nimmst Deinen Abschied von Mama und mir. Und Teile von Dir werden in Dir selbst versinken, und niemand außer Dir wird von ihnen wissen. Wie Geschöpfe der Tiefsee, wenn Du selbst das Meer bist, werden gewisse Gedanken und Gefühle niemals zu Deinem Gesicht auftauchen, Du wirst vielmehr bald ein Lächeln über einen geheimen Schmerz decken und ein finsteres Gesicht über manche Deiner köstlichsten Freuden. Im Verborgenen werden sowohl Freiheit als auch Qual geboren werden – und jede wird die andere nähren, bis sie zu einem Ungeheuer heranwachsen und Du staunst, daß jemand so Sanftes wie Du solche Monster hervorbringen konnte.

Oh, mein Sohn, was für eine Aufgabe vor Dir liegt! Etwas, das mich begeistert und das mir Angst macht – beides zugleich.

Nun, es ist eine schwindelerregende Freude, Dir zuzusehen, wie Du lernst, Deine eigenen Füße zu gebrauchen, wie Du Dich in den folgenschwersten Wettkampf aller Wettkämpfe stürzt. Kein Sport ist wichtiger oder spannender als eben der, *ins Dasein zu kommen.* Wie habe ich gejubelt und geklatscht, als Du beim Basketball Deine ersten Körbe geworfen hast. Doch wieviel lauter werde ich Dich jetzt bei diesem ernsten Spiel des Daseins anfeuern! Joseph, ich bin Dein Publikum und werde es bleiben, und mein Geist wird Dir immer applaudieren.

Doch bald wird Dir mein Stolz weit entfernt erscheinen, werden meine Anfeuerungsrufe nur aus weiter Ferne zu Dir dringen (obwohl sie keineswegs leiser sein werden), und Du wirst Dich einsam fühlen, und Du wirst ein Recht auf dieses Gefühl haben, denn Du wirst wahrhaftig einsam sein.

Ach, Joseph! Das ist meine Angst bei Deinem Wachsen: daß ich Dir bei dieser Anstrengung immer weniger helfen kann, bis ich Dir schließlich überhaupt nicht mehr helfe. Ich habe gar keine andere Wahl! Und manchmal wirst Du verstehen und fordern, daß ich Dich in Ruhe lasse (wenn Deine Unabhängigkeit mir weh tut). Ein anderes Mal wirst Du danach schreien, daß ein Vater Dich auffängt, aber ich *werde* Dich in Ruhe lassen (dann wird Deine Unabhängigkeit Dir weh tun). Keine Wahl! Das ist das Wesentliche an der Sache. Das *ist* die Sache. Dein „Erwachsenwerden" heißt, daß Du lernen mußt, mich weniger zu brauchen, lieber Joseph. Und so lange, bis Du mich überhaupt nicht mehr brauchst, ist die Arbeit nicht abgeschlossen, und mein Sohn ist immer noch mein Kind.

Es ist dieser Rückzug, der mir Angst macht, dieses Entlassen in Dein eigenes Leben. Denn keiner von uns weiß, was sich letztendlich ergeben wird. Wird er es schaffen, Gott im Himmel? Wird es meinem Sohn gelingen?

Mehr noch, mir schnürt sich die Kehle zu, weil ich ganz und gar unfähig bin, Dir meinen Vorrat an Wissen und Erfahrung mitzuteilen. Mir schnürt sich die Kehle zu, wenn ich Dich die Fehler machen sehe, die ich durch ein Wort verhindern könnte.

Und das Schlimmste: Ich leide mit Dir unter Deiner Einsamkeit. Es ist wie ein Fenster, durch das man nur aus einer Richtung sehen kann. Ich kann sehen, muß aber schweigen. Du siehst nur das Spiegelbild Deiner selbst. Ich erinnere mich an den Schmerz meiner eigenen Vergangenheit, und ich sehe seine Anzeichen bei Dir. Doch so wie Du Dich entwickelst, wirst Du es nicht zulassen, daß ich es sage oder daß Du es mir glaubst. Du wirst einfach nicht akzeptieren, daß ich wissen könnte, was Du durchmachst. Welche Ironie, mein Sohn! Denn wenn Du mich auch falsch einschätzt, so wird doch Dein Handeln richtig sein: Du mußt allein auf Deine Reife hinarbeiten.

Wie schwächlich Dir meine Anfeuerungsrufe in diesen Tagen erscheinen werden, wie kraftlos meine Unterstützung, wie hohl meine Worte des Stolzes und der Liebe. Aber genau das ist der Grund, weshalb ich sie Dir jetzt sage – gerade jetzt, wo Du noch ganz am Anfang des Prozesses stehst. Ich glaube, daß Du mich noch hören kannst.

Und morgen, bei Deiner Konfirmation, wirst Du einen Rausch des Erfolges, der Anerkennung spüren. Ich werde diesen Rausch mit Dir genießen. Und Du hast noch die Unschuld, mich hier zu sehen.

Oh, und es gibt noch einen anderen Grund, warum ich jetzt meinen Stolz so laut hinausrufe ...

Allzuoft machen Eltern überhaupt nichts daraus, wenn ihre Kinder die Reife erreichen. Sie lassen es sozusagen geschehen, wie durch Zufall. Ha! Sie haben sich mehr Zeit dafür genommen, ihre Kinder an den Topf zu gewöhnen, als ihnen auf dem Weg zum Erwachsensein zu helfen. Damit wollen sie vielleicht zum Ausdruck bringen, daß es gar nichts sei, dieses „Erwachsenwerden“– allenfalls eine konkrete Gefahrenquelle im Haushalt, ein Problem, eine Sünde, eine Krankheit, etwas, das korrigiert werden muß. Infolgedessen ist der unvorbereitete Jugendliche schockiert über den Strudel, in den er gerät. Dann empfindet er ein hartnäckiges, unausgesprochenes Schuldgefühl über die Veränderungen, die in ihm vorgehen. Und wenn er am meisten Kraft braucht, um diesen guten Kampf zu kämpfen, dann hat er am wenigsten davon. Ja, der Kampf scheint alles andere als gut und heroisch zu sein, wenn seine Stimme bricht, ihre Monatsschmerzen kommen, aber die Familie (seien es die Eltern oder die Gesellschaft) diesen tiefgreifenden und anstrengenden Mühen keinen würdigen Namen oder Platz eingeräumt hat.

Mit zwölf Jahren mußte ich selbst, von mir aus, auf meinen Vater zugehen und ihn fragen, ob er stolz auf mich sei. Er hatte versäumt, es zu erwähnen. Es war eine sehnsüchtige Frage, und es tat mir weh, daß ich sie stellen mußte.

Hör mir zu, Joseph! Falte diesen Brief zusammen. Steck ihn weg, um ihn wieder zu lesen, wenn wir uns gegenseitig unsere Trennung und Dir Deine Quarantäne zugestanden haben. Denn dies ist die Wahrheit: Ich liebe Dich, mein Sohn.

Ich bin so stolz auf Dich.

Moses Swope

Moses Cornelius Mortality Swope hatte ein Problem.
Das Problem lag nicht bei seinen Augen, seinen Ohren oder seiner Nase.
Diese Dinge an ihm funktionierten sehr gut.
Wenn er einen Tisch sah oder einen Tiger oder einen Geist, nun,
dann *sah* er diese Dinge klar und deutlich.
Wenn er einen Vogel hörte, das Pfeifen eines Zuges oder das Gelächter des Teufels, ho,
dann *hörte* er wahrhaftig diese Dinge, in seinem Ohr, am Hinterkopf.
Wenn er Rauch oder Essig roch, Popcorn oder die Liebe seiner Mutter,
dann *roch* er sie, und seine Gefühle drehten sich in ihrem Wind.
Das Problem lag auch nicht bei Moses' Gehirn.
Er konnte so schnell denken, daß ihm der Kopf heiß wurde.
Zahlen surrten ihm wie Bienen durchs Gehirn und Wörter wie Schmetterlinge und Bücher und Essen und Bigfoot und Himmel und Hölle und Gott,
ein schwindelnder, unaufhaltsamer Sturm.
Er hatte ein gutes Gehirn.
Und er hatte auch ein gutes Mundwerk.

Alles, was er sah oder hörte oder roch oder worüber er nachdachte,
darüber redete er auch.
Drei Millionen Wörter waren im Mund des Moses Swope.
Das sind mehr als zehn, ganz gewiß,
und seine Familie sagte: „O Moses, sei still."
Nee! Das Problem lag nicht bei seinem Mund.
Das Problem für Moses Cornelius Swope, nun, nun,
das Problem war sein GLAUBE.
Der arme Moses *glaubte* schier alles, was irgend jemand ihm sagte.
Und schlimmer noch, lieber Herr,
schier alles, was Moses glaubte,
wurde wahr!
Moses Cornelius Mortality Swope
hatte ein sehr hartes Leben.
„Iß keine Bonbons! Lutsche keinen Zucker!" sagte der Zahnarzt.
„Und insbesondere, halte dich fern von Schokolade, Keksen, Plätzchen und kandierten Äpfeln!
Denn sonst fallen dir alle Zähne aus!"
Nun!
Doch zu Halloween ging Moses, wie alle anderen Kinder, verkleidet an die Haustüren,
und er steckte sich ein Kaugummi in den Mund,
und bevor er sich bedachte, hatte er den Bissen kleingekaut,
und dann fiel es ihm ein: „Hoppla!"
Und was geschah? – Noch in derselben Nacht
fielen alle seine Zähne aus.

„Spiel nicht mit den weißen Kindern, Mose", sagte sein Bruder Junior,
und er fuchtelte mit einer Haarnadel vor Moses' Gesicht herum und nickte.
„Denn irgendwann wird einer von denen dich berühren.
Und du weißt: Nur eine Berührung von der Haut eines weißen Jungen, und deine Haut wird weiß wie Aussatz. Wie findest du das?"

Nun!
Moses, der rief seine weißen Freunde an
und sagte ihnen, sie sollten ihn in Ruhe lassen. „Laßt mich einfach in Ruhe!“ sagte er.
Moses, der ging mit gesenktem Kopf in die Schule,
und er saß mit gesenktem Kopf an seinem Tisch. Er sagte:
„Schau nicht links und schau nicht rechts. Mach dich unsichtbar, Mose.“
Denn er hatte Angst vor Aussatz.
Da kam die Lehrerin, und was sagte sie?
Sie sagte: „Moses, bist du krank?“ Er schüttelte den Kopf.
Sie sagte: „Moses, bist du traurig?“ Er schob die Lippe vor.
Da kam die Lehrerin, und was tat sie?
Sie legte Moses die Hand auf die Schulter, mein Gott, mein Gott!
Und prompt – die Schulter
bekam Aussatz, wurde weiß wie die Hand der Lehrerin.
Moses, warum hast du nicht gehört?

Moses’ Schwester, sie blickte finster, als sie die Decken von Moses’ Bett zog.
Sie blickte wütend, sie kochte. Kein Mann in Sicht für sie weit und breit –
aber Wäsche ohne Ende.
„Junge!“ sagte sie, und warum standen ihr Tränen in den Augen?
„Du, Junge!“ Weil Moses etwas Schreckliches getan hatte?
„Du pinkelst nur noch einmal in dieses Bett“, sagte sie,
„und weißt du, was Gott dann mit dir machen wird?“
Moses Cornelius Mortality Swope schüttelte den Kopf.
„Er wird dir deine Kanone abschneiden, und du wirst nie wieder damit schießen!“
Nun!
Moses hatte nur eine Kanone, und die machte, was sie wollte!
Er ging ins Bett, alles angespannt,
und er betete zu Gott um kein Wasser in seinem Bauch.
„Viel spucken, alter Mose! Spuck es einfach aus!“
Und so schlief er ein.

Aber er pinkelte ins Bett,
und tatsächlich – Gott
schnitt seine Kanone ab.
Wirst nicht mehr schießen, armer Moses. Keine Schüsse mehr in dir.
Moses Cornelius Mortality Swope,
ohne Zähne, ohne Kanone, ohne Freunde auf der Straße
und mit Aussatz von der Schulter her, nun!
Das kommt davon, wenn man nicht hört, meine Güte.
Das kommt davon, wenn man sich schlecht benimmt.

Doch das Schlimmste von allem war das Wort seiner Mutter zu ihm,
und das Grausamste von allem, weil *sie* meinte, sie litte
unter dem Ärger, den der arme Moses in der Welt anrichtete,
und sie war es so oft so leid.
Denn wer arbeitete schon in der Familie außer ihr,
denn wo war ihr Mann? Wo war sein Vater?
Hatte keinen. Nein, nie einen gehabt.
„Ich halt das nicht mehr aus, mein Moses“, sagte sie keuchend und lehnte sich an seinen Türrahmen.
„Wenn du nicht artig bist, mein Moses Corn“, sagte sie, „dann bringt es mich um, Kind.
Wenn du nicht hinter dir aufräumst, wenn du nicht rechtzeitig nach Hause kommst, wenn du nicht kommst und hilfst und mitdenkst,
dann wird deine Mama einfach sterben.
Du wirst noch mein Tod sein, Moses Corn.“
Nun!
Wer war sanfter als Moses danach?
Wer spülte vorsichtiger das Geschirr?
Wer wischte die Küche, trug den Müll hinaus und brachte seine Mama ins Bett?
Und wer zerbrach sein Fenster mit dem Besenstiel?
Es gab einen lauten Krach. Die Pforten des Himmels zerbrachen.
Seine Mutter taumelte ins Zimmer. Sie sah die Scherben.
Sie öffnete den Mund. Sie hob ihre Hände.

Und Moses wünschte sich eine Abreibung...
Aber tatsächlich –
sie starb statt dessen.
Moses, der fing an zu weinen.
Moses, der schlug die Hände zusammen, weil, warum prügelte ihn niemand?

Moses, er setzte einen Fuß vor den anderen,
was dasselbe war wie Gehen,
und ging aus dem Haus hinaus.
Und das ist es, was Moses Cornelius Mortality Swope tat:
Er lief davon.
Er lief davon, so schnell er konnte,
ein kleiner schwarzer Junge, der weiß wurde.

So lief er irgendwohin, wie der Weg gerade vor ihm lag.
Jesus, Jesus!
Er rannte so blind, weil er nirgendwohin rannte, wißt ihr?
Weg von etwas rannte er: schnaufend eine Straße weit, keuchend noch eine.
Weg vom Haus
und *weg* von seiner Mama auf dem Boden
und *weg* von seinen tausend Nöten
und *weg* von seinem eigenen verdorbenen, heruntergekommenen *Selbst.*
Vielleicht fand er ja ein schwarzes Loch, bis zum Grunde der Erde,
und vielleicht konnte er dort hineinfallen...
„Moses, du bist ein Fluch gegen dich selbst!
Moses, du bist ein Mörder!"
Wo rannte der Junge hin, als er keinen Atem mehr hatte?
Unter die Brücke.
Tausend Autos fuhren über ihn hinweg. Das Leben ging über den Fluß, die Gespräche der Stadt, niemand nahm Notiz von Moses unten am braunen Wasser.
Der überlegte, wenn er wieder zu Atem käme, wollte er in den Fluß gehen und davontreiben – für immer.

Wer kümmert sich schon darum, wenn jemand in den Fluß pinkelte?
Eine Stimme sagte: „Ich kümmere mich darum."

Sofort tat Moses so, als hätte er keine Stimme gehört.
Es war niemand sonst unter der Brücke, niemand zu sehen.
Wenn er also eine Stimme hörte, bedeutete das, daß er verrückt war.
Die Stimme sagte: „Ach, ich bin ja so heilig. Und ich bin so sehr damit beschäftigt, diese schlechte alte Welt zu regieren.
Aber weißt du was, Moses, mein Junge? Ich habe trotzdem Zeit, und ich kümmere mich darum."
Moses verdrehte die Augen zum Wasser hin, denn daher schien diese Stimme zu kommen.
Er flüsterte: „Ich kann dich nicht sehen."
Die Stimme fing an zu lachen. „Das liegt daran, daß ich ein Geist bin, hoho! Hoho!"
Die Stimme bekam einen Hustenanfall, direkt über dem Wasser.
Moses sagte: „Ich bin verrückt."
„Wahnsinnig, mein Junge, komplett wahnsinnig", sagte die Stimme. „Paß auf: Möchtest du mich sehen?"
Moses sagte: „Ich möchte sterben."
„Alles zu seiner Zeit", sagte die Stimme. „Moses", sagte sie, „hast du einen Mund?"
„Ja", sagte Moses, und die Autos und die Lastwagen rumpelten über seinem Kopf.
„Gut. Und hast du auch Worte in deinem Mund?"
„Drei Millionen", sagte Moses.
„Gut! Dann sage das: Sage: Du hast Haut, alter Mann.
Und wenn du es sagst, dann hör dir selbst zu.
Und wenn du dir zuhörst, dann glaube es."
Moses Cornelius Mortality Swope, der Junge unter der Stadtbrücke, flüsterte: „Du hast Haut, alter Mann."
Und dort vor seinen Augen erschien ein dünner alter Mann, schwarz wie die Bibel, gebeugt und nackt bis auf einen Lendenschurz. Der ging, ging auf dem strömenden Fluß, um auf einer Höhe mit Moses zu bleiben.

Und sieh mal an: Der alte Mann grinste.
„Siehst du, wozu du fähig bist?“ lachte der alte Mann. „Hier bin ich! Oh, Junge, du bist auf jedes Geschwätz hereingefallen, das du gehört hast. Ho, du warst verrückt, kein Zweifel. Ist dir nie der Gedanke gekommen, *du* könntest zur Abwechslung mal was sagen und vielleicht an die Dinge glauben, die *du* sagtest?“
„Aber meine Mama ist tot“, sagte Moses Corn.
„Nun, das hat sie gesagt“, sagte der alte Mann. „Aber was sagst du?“
Der arme Moses starrte die vor sich hinstapfende Gestalt an. „Wer bist du?“ fragte er.
Der alte Mann hob einen Fuß und hüpfte auf dem anderen weiter. Er zeigte Moses seinen Fuß. Die Sohle sah holzverfärbt und glänzend aus.
Moses bemerkte ein Loch darin.
„Sagt dir das was?“ fragte der alte Mann.
„Du bist verletzt worden?“ sagte Moses. „Habe ich dich verletzt?“
„Halleluja, Kind! Du bist langsam, aber es wird schon. Ich bin Jesus, weißt du. Das hier ist von meiner Kreuzigung, eine alte Narbe. Hast du jemals von jemandem außer mir gehört, der auf dem Wasser gehen kann?“
„Nein.“
„Nun, dann also Amen.“
„Aber ist Jesus denn so alt?“
„Dussel, du hast mich alt *gemacht*! Du hast mich geradezu pensionsreif gemacht mit deinen Albernheiten. Jetzt paß auf: Ich kann Leute heilen, stimmt's? Das ist eine meiner ganz besonderen Fähigkeiten seit fast zweitausend Jahren. Aber hast du das jemals gesagt, um es zu glauben? Wo bleibt dein Amen? Und ich bin derjenige, der Leute von den Toten auferweckt. Kann ich dafür auch ein Amen hören?“
Moses sagte: „Amen.“
„Jetzt sagst du endlich was, Kind. Und hast du dir auch zugehört? Und kannst du glauben, was du gesagt hast?“
Moses sagte: „Aber ich dachte immer, Jesus wäre jung.“
„Dachtest?“ sagte der alte Mann.

„Denke“, sagte Moses.
„Was denkst du, Junge? Sprich es aus!“
„Ich denke, daß Jesus jung war.“
„War?“ schrie der alte Mann aus Leibeskräften. „War, Junge?“
„Ist“, sagte Moses.
„*Gemacht!*“ rief der alte Mann und klatschte in die Hände,
und wo die Haut auf Haut traf, fuhr ein Blitz hervor,
und Donner erschütterte den Fluß,
und Moses bedeckte sein Gesicht mit den Händen und zitterte,
und als der Donner verklungen war, lugte er vorsichtig hervor.
Und da war der Mann, der immer noch auf dem Fluß marschierte,
immer noch grinste, daß man alle seine Zähne sah,
immer noch nackt bis auf einen Lendenschurz und schwarz wie die Bibel, immer noch...
Aber jung, jung, der schönste, wohlgestaltetste aller Männer, den Moses Swope je gesehen hatte.
Oh, er hielt seinen Kopf so hoch, und die Sohlen seiner Füße blitzten rosa auf,
wenn er sie vom Wasser hob, und seine Hände *tanzten*!
„Jesus?“ sagte Moses.
„Amen, mein Lieber“, sagte Jesus. „Amen zu deinem Mund, Junge“, lachte er. „Amen, Amen zu meinem eigenen heiligen Namen, hoho!“
Moses stand am Flußufer und fing an zu grinsen. „Jesus?“
„Jetzt versuch bloß nicht den Trick mit dem Auf-dem-Wasser-Gehen“, sagte Jesus. „Sonst muß ich schon wieder einen aus dem Wasser fischen. Bleib, wo du bist. Besser, ich komme zu dir.“ Und er ging zum Ufer.
„Jesus!“ rief Moses Cornelius.
Und als der muskulöse schwarze Mann das Ufer betrat, warf der Junge seine Arme um ihn und legte sein Gesicht an dessen Brust und begann so heftig zu weinen, daß der große Mann seinen Kopf streichelte.
„Sch... Sch... Siehst du, was du getan hast?“ flüsterte Jesus. „Du hast es gedacht, du hast es gesagt, du hast es geglaubt, du hast es *getan*. Hier bin ich, Junge! Überhaupt nicht mehr alt und

so schön, daß dir die Augen übergehen. Aber ich bin schon immer hiergewesen. Also warum hast du auf diese Schwätzer gehört? Warum hast du ihnen deinen Glauben überlassen? Du weißt es doch, Moses, mein Junge! O Bruder, Bruder Moses – ich kümmere mich um dich."

„Jesus?"

„Was?"

„Oh, Jesus, meine Mama ist tot", sagte Moses und ließ seinen Kopf jämmerlich hängen.

Doch der große Mann packte den Jungen wie einen Topf bei den Ohren, hob ihn vom Boden hoch und sah ihm direkt in die Augen. „Tot! Hm! Das sagt sie. Und was noch? Komm schon, Junge – was noch?"

„Na ja", sagte Moses, in der Luft schwebend, „und ich habe keine Zähne."

„Zahnlos. Hm! Das sagt der Zahnarzt. Und was noch?"

„Aussatz?"

„Hm! Eine verdammt ernste Krankheit – das sagt der Bruder. Und was noch?"

„Na ja", sagte Moses, der wie ein Sack herabhing, verlegen.

„Nun?" fragte Jesus.

„Na ja, und ich habe keine – keine Kanone", sagte Moses.

„Keine Kanone! Hoho! Keine Kanone? Das sagt die Schwester. Oh, hohoho!"

Jesus schüttelte sich vor Lachen. Lachend legte er den Jungen auf den Boden.

Lachend schlug er sich mit einer Hand aufs Knie und kratzte mit der anderen im Lendenschurz. Lachend, daß ihm die Tränen an den Wangen herunterliefen, zog er zwischen zwei Fingern ein gelbes Korn hervor. „Oh, kleiner Bruder, *keine Kanone*! Weißt du denn nicht, daß die Dinger wachsen? Paß auf", sagte er, und er kniete neben dem Jungen nieder, schob Moses' Lippen auseinander und pflanzte das Korn in Moses' Zahnfleisch. „Ich helfe dir mit den Zähnen. Das hier ist ein Senfkorn, weißt du, besser als Zähne. Wenn du damit redest, redest du voller Glauben. Glauben, Junge!"

Er gab dem Jungen einen Klaps auf die Schulter.

Moses hustete.
„Nun“, sagte Jesus, „es ist mein Beruf, Leute von den Toten aufzuerwecken. Und ich drücke mich nicht davor. Aber manchmal schicke ich Leute los, die das für mich machen. Moses, Bruder, geh du für mich. Geh und rede mit deiner Mama. Geh und sag ihr die Wahrheit. Du bist jetzt groß genug. Ach was“, sagte Jesus, „du bist jetzt ein *Mann*!“
Der große Mann, seidenglänzend wie ein gestriegeltes Pferd, ging wieder hinaus aufs Wasser,
setzte sich und trieb davon.
Er neigte seinen Kopf, und seine Schultern schüttelten sich,
weil er lachte.
Und das letzte Wort, das Moses hörte, bevor der Fluß eine Biegung machte, war „Haha! Keine Kanone! Hahaha!“

Nun, als er die Autos und die Lastwagen auf der Brücke wieder hörte, war das erste, was Moses Cornelius Mortality Swope wieder sagte:
„In meiner Hose“, und dabei kicherte er wie der Herr,
„steckt eine stolze und hübsche Kanone.“
Und er linste in seine Hose.
Und da lachte er *genau* wie der Herr: Hoho! tönte es weit und breit.
Das zweite, was er sagte, war:
„Moses Corn, du kannst dich selbst berühren – so gut wie jeder andere!“
Und er sagte: „Haut auf Haut. Meine zu mir!“
Und er zerriß sein Hemd, und er nahm den tiefschwarzen Rükken seiner Hand,
und Moses berührte Moses, und Moses war wieder Moses.
Amen!
Der Aussatz schälte sich einfach ab.
Amen, Amen dazu!
Doch das dritte, was er tat,
war am wichtigsten von allem.
Er rannte nach Hause und stürmte ins Haus: „Mama? Mama?“
Er fand seine Mutter auf dem Fußboden, riesig wie ein Gebirge.

Und er sagte in ihr kleines Ohr:
„Oh, Mama, das ist die Wahrheit: Ich liebe dich!
Und Jesus hat gesagt, du bist in Wirklichkeit gar nicht tot."
Und auf ihre glänzende Wange setzte er einen dicken, feuchten Kuß,
und in ihr Haar fiel eine Träne,
und er sagte: „Nein, Mama, ich bin nicht dein Tod.
Sondern ich bin dein Leben, weil ich dich so liebe.
Oh, Mama, Mama."
Moses Cornelius Mortality Swope umarmte seine arme Mama,
bis sie sich aufsetzte und ihre Strümpfe bis zu den Knöcheln hinunterrollte
und seufzte und seine Wange tätschelte
und aus dem Zimmer ging, um ihm etwas zu essen machen.
Und Jesus sagte aus der Luft um ihn her: „Na endlich, du Dussel!
Und Amen dazu!"
Und seine Mutter rief: „Junge, verbrenn dir nicht den Mund."
Und Moses brach in Gelächter aus.

An Matthew zur Konfirmation

Matthew, mein Sohn, wie weit sind wir beide gekommen. Wie sehr haben wir uns aneinander aufgebaut. Wie schön ist es gewesen.

Zum ersten Mal habe ich Dich in einem Kinderbett gesehen – dicker Hals, riesige Augen, ein kompaktes braunes Kraftbündel, feines, bernsteinfarbenes Haar, und ich habe gedacht: „Kann ich den lieben?"

Drei Monate warst Du damals alt gewesen. Auf dem ganzen Weg von Indianapolis nach Hause hast Du Deinen Körper steif wie einen Stock gehalten. Mama kam sich vor, als hätte sie Brennholz auf dem Schoß. Gut geschlafen hast Du nicht in jener Nacht, als Fremder in einem fremden Bett. Auch während des folgenden Jahres hast Du nie leicht geschlafen. Du warst in jeder Hinsicht ein aufgewecktes Baby. Und ich dachte: „Kann ich den lieben?"

Nun, ich war gerade mal seit einem Jahr Vater. Joseph war der erste, aber Du warst der erste, den wir adoptiert hatten. Deswegen hatte ich kaum Erfahrung mit dieser Aufgabe und keine Ahnung, ob ein Vater ein „frei Haus"geliefertes Kind genauso liebt wie ein Kind, das aus seinen eigenen Lenden kommt. Ich fragte mich, ob uns irgendeine mysteriöse Zutat fehlte, weil Du aufgrund einer bewußten Entscheidung zu uns gekommen warst und nicht durch die körperliche Liebe Deiner Eltern. Und Du warst braun, und ich war weiß. Wo sollte die Liebe herkommen?

Und das war das Wunder: Meine Liebe zu dir kam aus Dir! Du brachtest Deine Bedienungsanleitung mit. Du hast mich erzogen.

Zuerst war es eine törichte Liebe, aggressiv, wild, beschützend. Wenn wir mit Dir zum Einkaufen gingen, fielen uns die Blicke der Leute auf. Unsere Familie war ein Rätsel, dem sie nicht auf den Grund gehen konnten. Meine Ohren wurden rot wegen ihrer Unverschämtheit. Ich drückte Dich dann immer an meine Brust und starrte zurück, um sie zu beschämen. Mein Gesicht sagte: *„Mein!* Er ist mein, ihr Spatzenhirne!" Und so war es auch.

Wir hatten damals, ganz am Anfang, eine Nachbarin, die sagte, Du dürftest nicht mit ihrer Tochter spielen. Sie hatte gesehen, wie ihr beide Händchen hieltet, und sie sagte: „Schwarz und Weiß sollten nicht heiraten." Sie wollte es wohl im Keim ersticken: Du warst vier Jahre alt. Ich habe in der Küche dieser Frau gesessen und ihr erklärt – mit leiser, erstickter Stimme –, Du seist mein Sohn, und sie solle über mich genauso denken, wie sie über Dich denkt. Seltsamerweise benahm sie sich, als seien sie und ich die besten Freunde und Du der Außenseiter – nur weil sie und ich weiß waren. Aber für mich war ihre Küche ein fremdes Gebiet, und sie die Fremde, und ich verabscheute ihre unerschütterliche Selbstgefälligkeit. Ich haßte ihren Haß, und ich drückte Dich fest an mich, als ich wieder nach Hause ging. Aber das hast Du damals nicht verstanden, auch nicht die brennende Liebe, die in mir begonnen hatte – halb zornig, halb verteidigend. Für Dich war meine Liebe selbstverständlich. Du warst weiser, und Du hast mich unterwiesen.

Kleiner Junge, Du hast diese Liebe besänftigt.

Und Du hast sie ausgedehnt.

Hungrig nach jeder Erfahrung hast Du Dich an allem versucht, was das Leben zu bieten hatte. Und mein Herz ging mit Dir. Mit Dir erlebte ich ein wildes Dasein – ohne Dich war ich zu ängstlich, es zu versuchen.

Eine Stunde, nachdem Du das Fahrradfahren gelernt hattest, hast Du Dir eine Rampe am Fuß eines Hügels gebaut. Und ab ging es den Hang hinab. Mit voller Geschwindigkeit kamst Du auf die Rampe geschossen. Das Fahrrad hielt ruckartig an, und Du bist weit darüber weggeflogen. Als ich Dich danach in den Armen hielt, sagte ich: „Weine nicht, mein adoptierter Sohn." In zärtlichen Momenten benutzte ich das Wort „adoptiert", damit es Dir als ein gutes Wort und eine gute Sache erscheinen sollte.

Im Winter bist Du aufs Eis hinausgeschliddert und auf dem Hochwasser des Pigeon Creek gestrandet. Ein heulender Junge auf einer felsigen Eisinsel!

Wie der „Sechs-Millionen-Dollar-Mann" (Dein Held vor Terry Bradshaw, Franco Harris und den Steelers) hast Du versucht, deine Zimmertür mit dem Fuß zu öffnen. „Ha-YAAA!" hörte ich es durchs Haus schallen. Dann ein splitterndes Getöse, und das Bild an der Wand verrutschte. Ich rannte los. Ich fand die Tür immer noch geschlossen, aber ein Fuß ragte daraus hervor. Und als ich die Tür aufzog, zerrte ich mit ihr einen lächelnd auf dem Rücken liegenden Jungen aus dem Zimmer. So treu ergeben warst Du, mein adoptierter Sohn. Wen Du verehrtest, dem hast Du Dich mit Haut und Haaren hingegeben.

Du hast mich unterwiesen.

Doch das zweite Wunder und die zweite Quelle meiner Liebe zu Dir war wunderbar, heilig, unzerstörbar – das größte aller Wunder. Ich habe im Laufe der Jahre begriffen, daß Adoption etwas Göttliches ist, weil nämlich Gott selbst Teil hat an dem Bild der Adoption.

Als ich Dir das letzte Mal eine Abreibung verpaßte, hast Du Deinen Schmerz hinausgebrüllt und mein Herz durchbohrt: Ich hatte Dir weh getan. Ich setzte Dich auf einen Stuhl und verließ das Zimmer. Als ich hinausging, brach ich selbst in Tränen aus.

Es war mir schrecklich, schien mir ganz und gar unpassend, daß ich so weinen mußte.

Ich sagte: „Gott, wie kann ich wissen, ob ich diesem Kind ein guter Vater bin?“ Ich sagte: „Gott, bitte, sei *du* sein Vater.“

Und ich wurde still und begriff: In Wirklichkeit *ist* Gott Dein Vater – und ein viel besserer, als ich es bin. Doch Gott und ich sind beide auf genau die gleiche Weise Deine Väter geworden. Matthew, Gott hat Dich auch adoptiert! Auch als sein Sohn bist Du nicht geboren worden. Das war etwas, das er bewußt beschlossen hat, für Dich zu tun. Doch in seiner Adoption steckt eine unaussprechlich schöne und starke Liebe, weit größer als meine armseligen, unsicheren Bemühungen. Ich befinde mich also in außergewöhnlicher Gesellschaft! Darum kam ich zurück in das Zimmer und umarmte Dich; beruhigt in dem Wissen, daß er die Quelle ist. Und Du, durch die Gnade Gottes, Du hast meine Umarmung erwidert.

Oh, mein adoptierter Sohn! Meine Liebe zu Dir und meine Vaterschaft, beides verberge ich vollkommen in der bemerkenswerten Liebe und Vaterschaft Gottes zu Dir. Von dort kommt das Wunder. *Er* gestaltet und bewirkt es. Für kurze Zeit erlaubt er mir, dieselbe Freude zu erleben, die er daran hat, Dich zu lieben. Für kurze Zeit läßt er mich Dein Vater sein – so wie er es ist.

Doch morgen, am Sonntag, beginnt er wieder zu übernehmen. Das Wirkliche kommt zum Vorschein, und ich trete zurück. Du wirst erwachsen.

Morgen wirst Du vor der ganzen Gemeinde Deinen Glauben an ihn verkünden, denn es ist Dein Konfirmationstag. Du wirst „Ja!“ sagen, laut und bewußt: „Ja!“, um die Adoption zu bekräftigen, die er begonnen hat. „Ja! Ich bin ein Kind Gottes!“

Wie froh werde ich sein, das zu hören. Denn meine Liebe ist stark, aber meine Kraft ist schwächer als meine Liebe, und ich sündige. Aber dann wird der heilige Vater Dich in den Händen halten, und nichts, nichts kann Dich aus jenen Händen reißen. Wie erleichtert werde ich sein, das zu hören.

Wer wollte behaupten, eine Adoption bedeute automatisch eine schwächere Beziehung als das Blut oder der Wille des Fleisches? Der soll mit dem Allmächtigen streiten! Und er soll beschämt werden.

Kann ich den lieben – diesen braunen Donner nach meinem weißen Blitz?

Ach, mein Sohn, mein Sohn! Durch Gott tue ich es. Durch Gott werde ich Dich für immer lieben.

An meinen Bruder Gregory anläßlich seiner Heirat mit Liza Lachica

Allen Segen Gottes, mein Bruder, zu diesem Schritt, den Ihr heute tut, Du und Liza! Bei keiner anderen menschlichen Beziehung, die er erschaffen hat, hat er so viel Zeit, Sorgfalt und Barmherzigkeit aufgewendet. Die Beziehung zwischen Eltern und Kind oder die zwischen Herrschern und Beherrschten, zwischen Nachbarn und Nachbarn, Bruder und Schwester oder die zwischen Arbeitskollegen – keine davon hat dieselbe schöpferische Aufmerksamkeit empfangen wie die Beziehung, die Du mit Liza heute eingehst. Deswegen ist er wohl auch besonders besorgt darum: Sie ist heilig, Greg. Sie ist etwas Besonderes. Sie hat etwas Göttliches an sich. Die Konsequenzen ihres Gelingens oder Mißlingens sind tiefer, segensreicher oder schädlicher für Euch und andere, als die Konsequenzen irgendeiner anderen Beziehung zwischen Menschen. Denn sie wird Dich und Liza und Eure Kinder in all diesen anderen Beziehungen formen.

Gottes Segen, Bruder, zu Deiner Hochzeit.

Dein Herz hat Dich von dieser Entscheidung überzeugt. Du liebst Liza. Ihr Herz stimmt damit überein. Sie liebt Dich. Es ist eine kostbare Begegnung zwischen zwei Herzen und eine wunderbare Harmonie, über die man nur staunen kann, denn in Eurer Gemeinsamkeit kommt Ihr dem Bilde Gottes näher, als es jeder von Euch allein könnte.

Aber bitte erlaube mir, Greg, Dich zu warnen.

Eine Ehe mag mit Liebe beginnen, aber Liebe macht keine Ehe aus. Ihr werdet in schwere See geraten, wenn Ihr glaubt, Ihr könntet

Eure Ehe auf Eure Liebe bauen. In Wirklichkeit ist es genau umgekehrt: Eure Liebe wird letzten Endes auf Eurer Ehe aufgebaut sein.

Bedenke doch! Wenn die Ehe von der Liebe abhängig wäre, was würdest Du dann morgen tun, wenn Du feststellen solltest, daß Lizas Füße stinken? Oder wenn Du entdecken solltest, daß sie eine störrische Ader hat, bisher sorgsam verborgen, die sie hinter zusammengekniffenen Lippen wie ein Grab schweigen und tausend Meilen von Dir entfernt sein läßt, selbst wenn Ihr Euch an einem Tisch gegenübersitzt? Oder daß sie schmollt? Was wirst Du mit solchen Erkenntnissen nach der Hochzeit machen, im Schlafzimmer?

Ich sage Dir, diese kalten Schrecken können eine Liebe so schnell einfrieren lassen wie eisiger Polarwind. Und dann, wenn Dir die Liebe fehlt, was wirst Du tun? Dich scheiden lassen? (Ich meine nicht nur juristisch, denn eine Scheidung läßt sich auch auf zusammengekniffenen Lippen und zornblitzenden Augen verbriefen, nicht nur auf juristischen Dokumenten.) Soll die Ehe sterben, wenn es die Liebe tut? Ihr Leben aushauchen auf den engen Schlachtfeldern des Badezimmers, der Küche und des Schlafzimmers? Und wenn die Liebe sich wieder erwärmt, was dann? Bist Du dann wieder verheiratet? Nein, Greg! Eine derart wechselhafte Schiffahrt erzeugte eine Verwirrung, von der Ihr beide letzten Endes nur noch die Befreiung ersehnen würdet.

Die Ehe selbst sollte das Feste sein, das die flüchtige Liebe festhält. Die Ehe ist die Arena, in der die Liebe auftritt, ihre Vorstellung gibt, geht und wieder auftritt. Die Ehe ist das Haus, das Eure unberechenbaren Herzen beherbergt. Letzten Endes ist die Ehe der Boden, aus dem eine stärkere Liebe – eine opferbereite Liebe – entspringen und wachsen kann. Die Ehe selbst ist durch Eure bewußten Entscheidungen das Eigentliche, die Wirklichkeit; das, worauf Verlaß ist. Und die Liebe ist der Segen auf dieser Ehe.

Man liebt nicht, damit man eine Ehe führt. Man führt eine Ehe, damit man manchmal liebt.

Und nun, mein lieber kleiner Bruder, sollte ich das, was ich „Ehe" nenne, besser konkret als durch Metaphern definieren, nicht wahr? Schön!

Ehe ist ein gemeinsames Handeln zwischen Euch beiden. Gemeinsam aus zwei Gründen:

1. Ihr beide vollzieht unabhängig voneinander dasselbe. Ihr versprecht einander Euer Leben, ganz, täglich und unwiderruflich. Ihr leistet einen öffentlichen Schwur (und das, obwohl keiner von Euch weiß, worauf er sich damit einläßt. Das entdeckt Ihr erst, wenn Ihr es tut).

2. Ihr beide verlaßt Euch absolut auf das Versprechen des anderen (obwohl der Schwur eigentlich noch nicht auf die Probe gestellt wurde, denn Vertrauen ist eine Hingabe, ohne daß alle Fakten vorliegen). Ehe – kurz gesagt – besteht also aus den Versprechen zweier Menschen; vertrauensvoll gegeben, vertrauensvoll empfangen und bindend für alle Zeit und ungeachtet aller Unwissenheit.

Weder Launen noch widrige Lebensumstände, noch stinkende Füße, nicht einmal die Sünden eines von Euch beiden können diese Versprechen auflösen. Auch nicht der Verlust der Liebe. Denn was haben alle diese Dinge mit einem Versprechen zu tun? (Deswegen leistet man ja ein Versprechen, um etwas Unveränderliches in aller Veränderlichkeit zu haben!) Weil allein der Tod dem ein Ende macht, der das Versprechen gibt, macht auch nur der Tod allein dem Versprechen ein Ende.

Ich nehme an, Du findest das beinahe grausam starr und fest, Greg? Das ist es auch. Häuser baut man klugerweise fest. Und mir ist klar: Wenn das alles wäre, könnte es Eure veränderlichen, spontanen Persönlichkeiten töten. Denn wie – so sagen doch alle – kann man in Unwissenheit ein unbegrenzt gültiges Versprechen geben? Und was ist mit den Verletzungen und Fehlern, die jeder von Euch ganz bestimmt dem anderen zufügen wird?

Nun gibt es aber ein weiteres wesentliches Element in Eurer Ehe, wodurch der Hausbau möglich wird (und das Haus zu etwas Lebendigem wird) und das es Euch ermöglichen wird, unter den gegenseitigen Verletzungen nicht zu zerbrechen, sondern davon geheilt, ja stärker zu werden. Das ist etwas, was letzten Endes die höchste Form der Liebe in den Boden der Ehe pflanzt. Ohne dies, mein lieber Bruder Greg, kannst Du es nicht schaffen: Ich meine die Vergebung.

Daß Ihr einander die Sünden vergeben könnt, die gewiß kommen werden, das macht das Wachstum und die Anpassungsfähigkeit eines starren Hauses aus. Vergebung ist das einzige auf der Welt, das Ehen rettet und zur Reife kommen läßt. Selbst die vielgerühmte „Kommunikation“ ist nur ein Werkzeug, gut in einer guten Hand, schlecht in einer schlechten. Kommunikation kann eine Sünde oft vergrößern. Allein die Vergebung kann diese Sünde tilgen.

Du lächelst. Du sagst: „Oh, das wußten wir. Die Leute sündigen, sie vergeben einander, und dann machen sie weiter.“

Ich lächle. Ich sage: „Das ist nur der Spielplan, aber nur die Hälfte der Wahrheit und gar nichts von der Kraft. Laß mich Deine Sätze für Dich beenden. Die Menschen sündigen – wieder und immer wieder. Sie vergeben einander – nur manchmal. Und angesichts dieser unausgewogenen Gleichung können sie nicht weitermachen.“

Jetzt hör mir zu, Greg! Du kannst Liza ein wenig vergeben. Die Liebe ist ein Feuer. Das ist richtig! Aber sie ist nicht die Sonne. Du allein kannst Liza nicht unendlich vergeben, nicht einmal so weit, wie sie gegen Dich sündigen kann. Wie alle Menschen der Welt wirst Du einmal sagen: „Irgendwo ist eine Grenze!“ oder „Ich kann ja viel ertragen, aber jetzt ist Schluß!“ oder „Ich bin müde, Liza, erschöpft. Ich gebe es auf.“ Und sie wird dasselbe zu Dir sagen. Menschen sind sterblich, weißt Du. Die Kraftquellen der Menschen sind jämmerlich begrenzt. Und menschliche Beziehungen sind nicht größer als die Seelen, aus denen sie gespeist werden – auch sie können sterben.

Eure Ehe wäre also zu einer begrenzten Existenz verdammt, sei es zeitlich begrenzt oder in ihrer Tiefe – gäbe es nicht folgende Wahrheit: Jesus Christus vergibt für immer und unbegrenzt!

Ich sage es rundheraus. Ohne seine Kraft, die Eurer Ehe den Anfang und das Ende gibt, könnte ich Eure Ehe mit meinem kleinen Verstand von Anfang bis Ende ermessen. Christus ist es, aus dem Ihr, jeder von Euch, schöpfen müßt. Ihr schließt die Ehe, aber er heilt und nährt sie. Sein ist die Vergebung ohne Ende.

Deswegen, Greg, um Lizas willen, erkenne ernstlich an, daß Christus Dich für Deine unendliche Sünde gegen ihn mit unendlicher Vergebung überschüttet. (Das muß zunächst ganz persönlich und ohne Liza vollzogen werden.) Dadurch wird die persönliche Beziehung des Glaubens aufgerichtet, die in Dir einen bodenlosen

Brunnen des Herrn errichtet. *Dann* wende Dich Liza zu. Christi Vergebung für Dich befähigt Dich, Greg, Liza in dem Maße zu vergeben, in dem sie Vergebung braucht. Und seine Vergebung für Liza wird sein unendlich barmherziges Gesicht für Dich, Greg, in *ihrem* Gesicht erscheinen lassen. Du wirst Liza anschauen, und Du wirst Jesus sehen. Und dann – dann, um Gottes willen – wirst Du in der Lage sein, an *ihr* Wort der Vergebung für *Deine* unermeßliche Sünde zu glauben.

Begreifst Du es, lieber Bruder? Christus, das Leben Eurer gegenseitigen Versprechen, ist selbst das Leben Eurer Ehe!

Baut also ein Haus, Euer Haus. Aus Euern Versprechen und aus Vergebung baut eine Behausung für Eure Herzen.

Unausgefochtene Kämpfe, versäumte Vergebung

Seht euch den Starrkopf an, den Hartherzigen, den Dummkopf!

Beobachtet das Kamel, blind für eine der nützlichsten Gaben Gottes – nämlich die, daß er Gelegenheiten zu Bekenntnis und Vergebung zwischen streitenden Menschen schafft, damit sie wieder lächeln und lieben können. Er tut es mitten in ihrer täglichen Erfahrung. Doch achtet gut darauf, wie wild der Stolz dieses Holzkopfes sein kann, und lernt von ihm: Es ist eine gnadenlose Dummheit, den Waffenstillstand zu ignorieren, den Gott immer wieder aufrichtet.

Seht mich an, als meine Frau und ich jung verheiratet waren.

Seht! Ich bin der Dummkopf.

Wie oft haben wir uns gestritten, Thanne und ich!

Nun ja, es war immer „so eine Art“ Streit, denn es war immer einseitig. Ich übernahm das Reden. Sie übernahm das Nicht-Reden. Und dann weinte sie.

Dann sagte ich: „Thanne, was ist los?“ Echtes Mitleid in meiner Stimme. Versteht ihr? Ganz Fürsorge und Zärtlichkeit und großherzige Liebe. Mit großen unschuldigen Augen umwerbend: „O Thanne, was ist los?"

Und sie weinte nur.

Dann griff ich also zu meinem zweiten strategischen Zug. Ich seufzte laut, um anzudeuten, daß auch ich meine Sorgen habe, von denen nicht die geringste eine wenig mitteilsame Frau war. Und wie sollen wir irgendein Problem lösen, wenn wir nichts *sagen*? (Ich war gut darin, vielsagend zu seufzen.) Und dann fragte ich noch einmal mit einer winzigen Spur Verärgerung in der Stimme: „Was *ist* los, Thanne?"

Wofür ich allenfalls ein Kopfschütteln von meiner Frau bekam – und Tränen.

Nun, Schweigen ist das scharfe Werkzeug des Teufels. Es eignet sich auch hervorragend zum selbstgerechten Streiten, denn es verhilft dem anderen dazu, sich die unzähligen Sünden vorzustellen, die er begangen haben muß, um solche Tränen auszulösen. Er schmort in seinem eigenen Saft, wie man so sagt. Das ist die Mikrowellen-Angriffsmethode.

Aber ich war unerschrocken. Trotz der Eruptionen in meiner Vorstellungskraft, trotz der Schuldgefühle in meinem Bauch, ging ich zu meinem dritten Manöver über, das darin bestand, ihre Attacke so bereitwillig zu *akzeptieren*, daß es sie aus dem Gleichgewicht warf. Ich war also schuldig? Na schön, dann würde ich den Schuldigen spielen.

„Okay, okay!" rief ich mit erhobenen Händen und gesenktem Kopf, ganz und gar Reue. „Was habe ich getan?"

Aber zurück kam nur Weinen.

Dann rastete ich aus und verlor die Beherrschung!

Ich ging auf sie zu, und sie wandte sich ab.

Ich berührte sie, und sie zuckte vor mir zurück.

Ich stampfte im Zimmer umher, um unermeßlichen Schmerz, kalte Einsamkeit, völlige Verwirrung und die Tatsache zum Ausdruck zu bringen, daß ich siebzig Pfund schwerer war als sie...

Und endlich hörte sie auf zu weinen, endlich sah sie mir ins Gesicht und öffnete den Mund...

Und dann ließ sie eine solche Flut von Untaten hervorströmen, eine solche Aufreihung von Sünden, numeriert und datiert in allen

Einzelheiten (ob ich nun irgendeine von ihnen beabsichtigt hatte oder nicht!), daß ich angesichts solcher Leidenschaft in einer so zierlichen Person schockiert vor ihr stand, schier in ihrem Gift ertrank und merkte, daß die Dinge außer Kontrolle geraten waren. Doch ich war sprachlos und sehr schwach.

Nun, dann half alles nichts mehr. Ich war gezwungen, meine letzte Waffe einzusetzen. Ohne Rücksicht auf Verluste, nachdem ich so unfair provoziert worden war. Ohne ein weiteres Wort rammte ich meine Arme in den Mantel, schoß die Treppen unserer kleinen Wohnung hinunter und stürzte hinaus in die kalte Nacht von St. Louis, wo ich drei Stunden lang ununterbrochen die Straßen durchstreifte; im Zweifel, ob unsere Ehe überleben würde, doch zuversichtlich, daß ich Thanne eine kräftige Ladung Schuldgefühle verpaßt und ihrem Herzen die bange Frage eingepflanzt hatte: Ob ich wohl unter die Straßenräuber gefallen war?

Doch dann fügte es sich, daß der Herr eingriff, und eines Abends hätte die Schlacht eine andere Wendung nehmen sollen.

(Aber denkt an das Kamel!)

An jenem Abend (es war mein Geburtstag, wie ich mich erinnere, und Thanne hatte diese Tatsache in riesigen Girlandenbuchstaben quer über die Breitseite des Wohnzimmers gespannt, die liebe Frau!) waren wir dem üblichen Drehbuch unserer Nicht-Auseinandersetzungen bis aufs I-Tüpfelchen gefolgt – durch Umwerbung, Tränen, Druck, Tränen, Stampfen, unverdiente Anschuldigungen und den Cockerspaniel-Ausdruck auf meinem Gesicht und Tränen...

Ja, alles lief wie geschmiert, bis hin zu dem dramatischen Punkt, wo ich meine Arme in den Mantel rammte, die Treppe hinunterrannte und in die Nacht hinausstürmte. Doch dann mischte sich Gott ein.

Als ich die Haustür zuknallte, blieb mein Mantel darin stecken.

Hektisch und immer hektischer suchte ich in meinen Taschen nach dem Schlüssel, um die verdammte Tür aufzuschließen und meine Strategie gegen Thannes Seelenfrieden zum Abschluß zu bringen. Aber der Schlüssel war nicht da. Mein Mantelzipfel hing wahrhaftig in der Tür fest, und die Tür war aus Eichenholz.

Ich hatte zwei Möglichkeiten. Entweder konnte ich den Mantel ausziehen und unbemäntelt, ungeschützt durch die Nacht streifen. Darin lag echte Dramatik, ein überzeugender Ausdruck meiner innerlichen Qual – nur daß Thanne nichts davon sehen konnte und die Temperatur unter dem Gefrierpunkt lag.

Oder ich konnte klingeln.

Nach zehn Minuten Frösteln wußte ich, welches die ratsamere Maßnahme war. Ich klingelte.

Also kam meine Frau die Treppe herunter. Also lugte meine Frau heraus. Also schloß meine Frau die Tür auf – und was tat sie? Sie lachte! Oh, sie schüttelte sich geradezu vor Lachen.

Und ich hätte auch ein wenig lächeln können. Ich hätte wenigstens ein bißchen schmunzeln können. Denn das war schließlich die Gabe Gottes, daß er einen Waffenstillstand arrangiert und Versöhnung zwischen einer Frau und ihrem Mann gestiftet hatte; eine Gabe, köstlicher als aller Regen auf dürres Land. Gelächter! Was für eine außergewöhnliche Vergebung!

Aber was tat der Dummkopf? Nun, er schob ihre Hand von seiner Schulter, rief „Hm!" und schoß davon, um grimmiger als je zuvor durch die Nacht zu streifen. Da hätte er am Überleben seiner Ehe zweifeln sollen! Nicht wegen des Streits, sondern wegen seines dummen, blinden, unmäßigen und alles verzehrenden Stolzes.

Denn er hatte sich der Einmischung der Gottheit verweigert.

Oh, lernt von dem Dummkopf, ihr Männer und Frauen, ihr Kinder und Eltern, ihr Politiker, die ihr euch so oft nicht von eurer früheren Politik lösen könnt. Lernt alle, die ihr unter euerm Gezänk leidet, und ihr, die ihr dazu neigt, eure Wunden in kalter stolzer Einsamkeit zu lecken! Unaufhörlich bereitet Gott den Weg für die Versöhnung, selbst durch Possen – es sei denn, der Stolz macht euch für diese Gelegenheit blind.

Auferbauung/Abriß

Zwei Tankstellenangestellte.

Der eine an einer Selbsttanksäule, die andere an ihrem Tresen.

Der erste im Regen in einer kalten Nacht. Die zweite am Nachmittag, aber keine Sonne schien in jenem Gebäude.

Ich behaupte nicht, daß ich wußte, weshalb die beiden so unterschiedliche Haltungen hatten. Es mag tausend Gründe für die Verbitterung der zweiten Angestellten geben, und jeder einzelne davon mag des mehr als reichen Mitleids wert sein. Aber darum geht es im Augenblick nicht. Es geht um Auferbauung. Die Macht also, andere Menschen aufzubauen oder auch zu zerstören, wie niedrig auch die Umstände oder wie kurz auch die Begegnung sein mögen. Das ist die Macht, die jedes Glied am Leib Christi besitzt, und es ist wahrhaftig eine gewaltige Macht.

Ich hatte gegen den Regen meinen Kragen hochgeschlagen. Gebeugt stand ich am Heck meines Autos, hatte den Tankdeckel abgeschraubt und ließ das Benzin in den Tank laufen. Meine Hand fühlte sich taub an.

Plötzlich stand neben mir der Tankwart, die Hände in den Taschen. Seine Gegenwart regte mich nicht auf, weil er so friedlich wirkte. „Hallo", sagte er, und ein Lächeln huschte über sein Gesicht. Er wirkte auch nicht kalt und abweisend wie ein Fremder, obwohl er das für mich war. Wenn er sprach, sah er mir direkt in die Augen – ohne Furcht, ohne Verlegenheit, ohne Verurteilung oder Hochmut oder Drohung. Ich, wer immer ich sein mochte, was immer mein Familienstand oder mein Beruf sein mochten – ich war in diesem Moment sein Gegenüber.

Er war hager. Dunkles Haar klebte – naß vom Regen – an seiner Stirn. Er schüttelte langsam den Kopf, als er das braune Gesicht meines Jungen an der Autoseite sah, und Regentropfen fielen von seinem Kinn. Ich glaube, er lachte. Das Tanken schien mir lange zu dauern.

Nun, ich geriet nicht in irgendeine Krise. Ich schaffte es, genau für siebzehn Dollar zu tanken, verschloß den Tankstutzen, reichte ihm die Scheine und sah zu, wie er sie in eine Rolle faltete. Er half mir nicht, irgendein schreckliches Problem zu lösen. Auch rettete er mich vor keiner Katastrophe oder reparierte mir etwas, das ich nicht reparieren konnte. Dennoch tat dieser Tankwart etwas Ungewöhnliches.

Er schüttelte mir die Hand.

Er lächelte noch einmal, und dann sagte er zu mir: „Danke!“

Ich gebe zu: Was ich hier erzählt habe, ist ein belangloser, beinahe vergessenswerter Vorfall. Und er sollte es eigentlich nicht wert sein, in einem Buch abgedruckt zu werden. Nur daß ich, als ich wieder in mein Auto stieg, einen Moment innehielt, bevor ich den Schlüssel herumdrehte, und Thanne mich fragte: „Warum lächelst du?“ Tropf, tropf! Und ein Lächeln, das sich langsam über mein Gesicht ausbreitete.

Dieser Mann hatte mir gutgetan. Er hatte mich aufgebaut.

Ich sah ihn nie wieder.

Auch die andere Angestellte sah ich nie wieder. Aber auch an sie erinnere ich mich.

Sie blieb in der Baracke sitzen, während ich meinen durstigen Tank auffüllte. Spielt keine Rolle. Die meisten Tankwarte kommen nicht immer aus dem Häuschen, wenn irgend jemand sich an der Zapfpistole zu schaffen macht. Doch als ich das Gebäude betrat, blieb sie immer noch sitzen und blickte auf die Fläche ihres Tresens. Es lag kein Buch dort. Sie las nicht. Sie starrte einfach nach unten.

Ich hielt ihr mein Geld hin.

„Was soll ich damit?“ fragte sie.

„Na, Sie sollen es nehmen“, sagte ich. „Ich möchte mein Benzin bezahlen.“

„Für wieviel war es?“

„Siebzehn!“

Tiefe Linien durchzogen ihr Gesicht. Verdrießliche Linien! Zorn, aus welchem Grund auch immer! Und ich war offenbar ein unerwünschter Störfaktor in ihrem Leben. Sie riß mir die Scheine aus der Hand und legte sie in die Fächer ihrer Kassenschublade. Sie kaute Kaugummi und schmatzte dabei wie ein Igel. Mit einem Zeigefinger wühlte sie im Haar herum.

Ich blieb zu lange stehen, glaube ich. Denn immer noch ohne

mich anzusehen, sagte sie: „Stimmt was nicht mit Ihrem Auto? Warten Sie auf irgend etwas?"

„Nein!"

Verstört stieg ich in meinen Wagen und blieb eine Weile sitzen. Abriß!

Traurigkeit hatte mich traurig gemacht. Der Tag war hin.

Du sagst: „Aber wie kann ich dem Herrn dienen? Ich bin nicht wichtig. Was ich tue, ist so alltäglich und unerheblich. Jeder kann tun, was ich tue."

Dazu sage ich dir: „Immer, wenn du einem anderen menschlichen Wesen begegnest, hast du die Chance. Es ist eine Gelegenheit zur Heiligkeit. Denn immer dann wirst du eines von zwei Dingen tun. Du wirst diesen Menschen entweder aufbauen oder ihn niederreißen. Du wirst entweder würdigen, daß er ist, oder du wirst dafür sorgen, daß es ihm leid tut, daß er *ist* – oder zumindest, daß es ihm leid tut, daß er *dort* ist, vor dir. Du wirst erschaffen, oder du wirst zerstören. Und die Menschen, denen du Würde verleihst oder die du verleugnest, sie sind Gottes Eigentum. Jeder einzelne von ihnen ist nach seinem Bild erschaffen."

Und ich sage dir: „Es gibt keine nutzlosen, belanglosen Begegnungen. Es gibt keine Sackgassenjobs. Es gibt keine sinnlosen Menschenleben. Schluck deine Sorgen hinunter, vergiß deinen Ärger und all das Leid, das du in deinem armen Leben erfahren hast. Wende dein Gesicht ehrlich und offen der Person vor dir zu, und laß sie einen reinen Moment lang strahlen. Erachte sie für wichtig, dann wird ihr der Gedanke kommen, daß sie von Gott erschaffen ist."

Wie sagst du „Hallo"? Sagst du es überhaupt?

Wie grüßt du Fremde? Grüßt du sie überhaupt?

Bist du so, daß du deinen Kunden, deinen Klienten, deinen Nachbarn, dein Kind mit *deinen Sorgen* belastest? Und sei es nur durch deine Haltung? Sei es durch Reizbarkeit, Zorn oder Trübsinn?

Abriß!

Oder siehst du ihnen in die Augen und schenkst ihnen Frieden?

So tun es die Glieder am Leib Christi und – schaffen Auferbauung an einer Tankstelle.

Volk Gottes, das Kleine ist groß!
Alles ist eins und unteilbar

„Talitha! Talitha!“

Dieser Tonfall! Der Tonfall dieses Ausrufs, voller Sehnsucht und Schrecken, ist mir von diesem Erlebnis am deutlichsten in Erinnerung.

„Talitha!“

Es ging mir durch die Seele. Noch jetzt ist alles in mir angespannt. Es war mein Sohn Matthew, der nach seiner Schwester schrie.

„O bitte, *Talitha*!“

Vom ersten Knall an, der wie ein Knallfrosch oder ein zerplatzender Luftballon klang, schien alles ganz langsam vor sich zu gehen; so, als liefen die Ereignisse tief unten in der grünen See ab. Dann ein weiterer Knall, dann Geschrei.

Thanne sagte: „Das ist eine Pistole!“

Ich glaubte das nicht.

Das Geräusch hatte zu harmlos geklungen. Wer sollte hier am hellichten Tag schießen? Dreißig Minuten, nachdem die Kinder aus der Schule gekommen waren? Die Welt war zu hell, zu alltäglich für Pistolenschüsse. Immerhin ging ich zum Fenster, zog die Vorhänge zurück und schaute auf die Straße.

Einen Augenblick lang schien alles wie gewohnt – dann sah ich einen unsinnigen, grell orangefarbenen Lichtblitz, hörte den dritten Knall, und dann war da eine dicke Frau, mit weit aufgerissenem Mund schreiend, die mit einer Pistole herumfuchtelte.

„Oh, Thanne!“ flüsterte ich. Wie konnte die Welt, wie konnte die Welt...

Ich sprang zur Haustür, stürmte durch den Windfang und blieb dann auf den Stufen wie angewurzelt stehen. Zwei Dramen liefen ab, jedes nach dem Drehbuch eines Idioten. Zwei Leute schrien, die eine wütend, die andere voller Entsetzen.

Die dicke Frau schrie in uneingeschränkter selbstgerechter Wut, völlig ungerührt davon, wer ihr zuhörte. Sie stand auf dem Bürgersteig vor der Bücherei, blickte nach Westen die Chandler Street hinunter und stampfte mit ihren gewaltigen Beinen. „Komm zurück! Komm sofort zurück! Du kommst jetzt hierher zurück! Du Ratte! Ich bringe dich um! Du entkommst mir nicht!"

Vor meinen Augen feuerte sie ihren vierten Schuß – pop! – wild die Straße hinab.

Eine zweite Frau rannte so schnell sie konnte, den Rock an den Schenkeln hochgeschoben, was albern aussah bei einer so alten Frau. Aber sie war es nicht, die schrie.

Mein Sohn war es.

Er kauerte halb verborgen neben dem Gartentor, die Hände vors Gesicht geschlagen: „Talitha!"

Seine Schwester, meine Tochter, stand völlig aufrecht und ungedeckt im Vorgarten, leckte an ihrem Lutscher und beobachtete mit arglosen Augen diesen Wahnsinn, als wäre es ein Film. Nur das Pflaster der Straße lag zwischen ihr und der Pistole in der Hand einer verrückten Frau.

Matthew hatte die Gefahr erkannt. Ihm blieb schier das Herz stehen, und er war wie gelähmt. Schrecklich war die Qual in seiner Stimme, denn er liebte seine Schwester: „Taliiiiiiitha! Lauf!"

Aber Talitha erkannte die Gefahr nicht. Sie hatte keine Angst. Doch ihre Unwissenheit war kein Schutz, sie konnte ihr Tod sein, konnte sie niedermähen.

„Oh, bitte, *Talitha*!"

Ich rannte zu dem Kind. Ein fünfter Knall war zu hören – und kein Schmerz. Keine Schußwunde! Nur ein Kribbeln auf meiner Haut. Warum fing Talitha dann an zu weinen? Meinetwegen, vermute ich. Weil ich sie so plötzlich an mich riß und hinter das Gartentor schleppte. Selbst da erkannte sie noch nicht die Gefahr, auch nicht, wie verwundbar sie war. Matthew zitterte noch jetzt. Talitha sagte, ich hätte ihr den ganzen Tag verdorben.

Talitha. Oh, Talitha.

Sie sollten wissen, daß dies eine wahre Geschichte und keine Erfindung ist. Die dicke Frau – die sich, gleich nachdem sie fünf Schüsse abgefeuert hatte, in ihren Wagen setzte und gelassen auf die Rückkehr ihrer Feindin wartete –, es gibt sie wirklich. Sie ist kein bildhafter Vergleich. Selbstgerechte, selbst gerechtfertigte Gewalt ist nicht nur ein Konzept. Sie mordet Menschen.

Und ich wünschte mir von ganzem Herzen, ich hätte die elterliche Autorität, diese Welt und Sie an mich zu reißen und hinter dem Gartentor außer Gefahr zu bringen – und Sie dann heulen zu lassen, ich hätte Ihnen den Tag verdorben. Doch niemand besitzt solche Autorität. Deswegen bleibt mir nichts als ein gequältes Flehen, wie mein Sohn es mit seiner Schwester tat. Ich kenne den Schmerz in seiner Brust.

Ich spüre ihn ebenso.

Die Waffensysteme dieses Landes und der Welt verursachen keinen Knall, und ihre Detonationen sind auch keine einzelnen Kugeln, die eine Straße hinunterfliegen. Sollten diese Waffensysteme losgehen, werden nicht einmal Engelsflügel unsere Kinder beschützen. Wahllos wird ihr Morden sein, allgegenwärtig das Sterben und entsetzt die Herzen der Hinterbliebenen.

Dennoch zeigen sich an diesem Tag der fünf Kugeln und der Wut zwei schreckliche Kennzeichen der Zeit. (Denken Sie daran, daß unsere Parallelen keine Metaphern, sondern Beispiele sind!)

1. Schiere Unwissenheit macht aus den meisten von uns Kinder, die dastehen, an Lutschern lecken und sich unbekümmert mit nichts sonst beschäftigen als dem Hunger, den Verletzungen, dem Hin und Her und den Wünschen unseres eigenen jungen Lebens, als würden sie die Gesellschaft und den ganzen Rest der Welt an Bedeutung übertreffen. Unwissenheit! Wir schauen uns das atomare Wettrüsten an, als wäre es ein Film, eine Erfindung, die sich auf unser kleines Leben nicht auswirken könnte. Unwissenheit! Wir rechtfertigen eine Feuerkraft, die in keinem Verhältnis mehr zu praktischen Erwägungen steht, in keinem Verhältnis zur Vernunft, selbst in keinem Verhältnis zu einer militärischen Abschreckung, weil diese längst die Möglichkeit zur völligen Zerstörung ganzer Kontinente übertroffen hat. (Was darüber hinaus könnten Sie noch wollen, Herr General? Ah, ich weiß! Sie wollen finsterer dreinblicken als der Feind, mit wilderem Fluchen und Herumstolzieren drohen! Sie wollen den psychologischen Vorteil!)

Wir rechtfertigen, sage ich, dieses Idiotendrehbuch, indem wir die UdSSR als böse und unserer nuklearen Verachtung wert bezeichnen. Aber Rußland ist voller Kinder, die – genauso wie wir –

dastehen und an Lutschern lecken. Zwischen den Bürgern der beiden Länder besteht mehr Verwandtschaft als zwischen den Bürgern und den Militärs in jedem dieser Länder. Die Teilungslinie verläuft nicht zwischen den Ländern. Sie verläuft zwischen Einstellungen und Machtverhältnissen. Unwissenheit! Aber diese Unwissenheit könnte uns umbringen. Die Unwissenheit könnte uns niedermähen.

2. Die dicke Frau ist auch nicht weit von dem nuklearen Auslöser entfernt. Sie ist Selbstgerechtigkeit. Sie ist die Sündhaftigkeit im Kern der Menschheit, immer in der Lage, sich einzureden, sie hätte das Recht, zu tun, was sie tun will. Weder die Hüter unseres Waffenarsenals noch die irgendeines anderen Waffenarsenals auf der Welt sind frei von der Sünde der Frau, die vor der Bücherei fünf Kugeln abfeuerte und dann mit der sechsten in ihrem Wagen wartete. Und Sünde findet schnell einen Anlaß zum Schießen. Und sei es nur, um sich selbst zu schützen, zu erhalten, zu verteidigen...

Ich schreie Ihnen zu. Ich schlage die Hände vor mein Gesicht, krümme mich und schreie Ihnen zu, hinter das Gartentor zu kommen.

Die dicke Frau wird niemals weggehen.

Aber wenn sie keine Pistole hätte, wäre sie nicht so gefährlich für meine Tochter.

Ich bin entsetzt über unser militärisches Budget, über die Haltung, mit der es gerechtfertigt wird, über die Konsequenzen, die es ankündigt.

Talitha, Talitha, komme und versteck dich vor dieser Welt...!

Vater, laß die Augen dein …

Sarah Moreau gibt sich würdevoll und entschlossen. Nicht, daß die Frau tatsächlich so selbstbewußt wäre. Auch ist sie alles andere als aggressiv. Ihre Stimme ist weich wie Samt. Und in Augenblicken größter Vertraulichkeit wird sie sich zu einem persönlichen Gefühl der Unzulänglichkeit gegenüber den natürlichen Schrecken dieser Welt bekennen. Doch der Stolz in ihrem Blick ist das kleine Territorium, das sie in dieser Welt für sich und ihre Familie abgesteckt hat und das ihr Mittel ist, dieser Welt zu begegnen. Es ist so etwas wie eine Mauer um eine Stadt: eine notwendige und ganz und gar angemessene Verteidigungsmaßnahme. Doch es ist weder Heuchelei noch Entfremdung in Sarah. Es *ist* Sarah.

Darum spürte ich ganz tief in meiner Brust die Veränderung, als Sarah eines Sonntagmorgens die Kirche verließ und nicht fähig war, ihren Blick zu mir aufzuheben, und auf ihrem Gesicht ein Ausdruck von Schwäche und Kraftlosigkeit lag. Die Mauern waren niedergerissen, und zwar von innen.

Ich berührte sie an der Schulter, um deutlich zu machen, daß es keine beiläufige Frage war, die ich ihr nun stellte: „Wie geht es Ihnen?“

Sie sagte: „Ich glaube nicht, daß ich damit klarkomme“, als ob ich wüßte, was *damit* war.

Ich sagte: „Möchten Sie zu einem Gespräch zu mir kommen?“

Sie schauderte und sagte: „Ja.“

Nach drei Tagen war keine Veränderung eingetreten. So gut diese Frau normalerweise aussieht – hellhäutig, grauäugig, mit einer breiten Stirn und einem vollkommenen, herzförmigen Haaransatz –, so eingesunken, hinfällig sah sie jetzt in ihrem Kummer aus. Und ihre Tränen hatten überhaupt nichts Liebliches.

Sie hatte einen Monat bei ihrer Tochter in Atlantic City verbracht, erzählte sie mir. Justine war todkrank, hatte Krebs, ein Kind von achtunddreißig Jahren und das ein und alles ihrer Mutter. Doch so schwer diese Prüfung für Sarah war, es gab einen noch tieferen Kummer – das *damit*, mit dem sie nicht klarkam.

Es war dies: Justine hatte noch nicht akzeptiert, was Sarah bereits wußte. Das Kind klammerte sich immer noch ans Leben. So war es, bevor Sarah nach Evansville zurückkehrte, zu diesem Moment gekommen, daß ihre Tochter sie umarmt hatte und sie weinend angefleht hatte: „Hilf mir!“ Und Sarah – randvoll mit Dingen, die sie sagen *wollte*, mit Worten der Liebe und der Erfüllung – hatte nichts sagen können, weil Justine noch nicht bereit war, sie zu hören. Das Herz der Mutter zerbarst von innen, und die Mauern, die immer den Feind von außen abgewehrt hatten, brachen auf unter diesem Angriff, und in ihrer Hilflosigkeit hatte sie nur noch weinend stammeln können: „Ich bin hier! Ich bin hier! Ich werde immer hier sein ...“

Und zu mir sagte die liebe Sarah: „Niemand will das Entsetzliche beim Namen nennen. Aber ich glaube nicht, daß ich es allein schaffe.“

„Nun“, sagte ich, „jetzt sind wir zu zweit, und diese Ohren hier werden Sie hören.“ Und es kam mir so vor, als erstreckte sich ein langes zweireihiges Spalier zum Himmel. Wir beteten.

Aber ich irrte mich.

Sehen Sie, wie rasch, wie unvorstellbar schnell sich grausame Ereignisse entwickeln können, sind sie erst einmal in Gang gesetzt. Am Freitag derselben Woche rief mich Bram an und sagte, seine und Sarahs Tochter hätten beschlossen, nach Hause zu kommen, zusammen mit ihrem Mann. Sobald sie gut untergebracht wäre, wollte ihr Mann nach Atlantic City zurückkehren. Bram konnte nicht sagen: „Sie kommt zum Sterben nach Hause.“ Er verlor sich in Einzelheiten und seufzte oft.

Am Samstag besuchte ich Justines Eltern. Sie wirkte schweigsam, er rastlos. Ich sagte: „Bitte, lassen Sie sich von Justine leiten! Zwingen Sie ihr nicht Ihre Trauer, Ihren Zorn oder ihre aufgesetzte, bemühte Fröhlichkeit auf. Hören Sie auf Ihre Tochter. Finden Sie heraus, wie sie zu allem steht, und stellen Sie sich dann mit dem, was Sie sagen, darauf ein. Verstehen Sie? Das ist ihr Augenblick, ihre Zeit. Verstehen Sie?“

„Ich werde ihr Diener sein“, sagte Bram. „Ich werde kochen, was immer sie möchte. Ich werde sie waschen. Ich werde ihr Bett machen. Sie wird die Prinzessin sein. Ich wüßte gern, wie ich sie vom Flughafen in St. Louis hierher bringen soll. Vielleicht sollte ich einen Kombi mieten. Sie wird sich freuen, nach Hause zu kommen. Keinen Finger wird sie rühren müssen ..."

Sarah senkte schweigend ihren Kopf.

Am Montag kam Justine in Evansville an.

Am Dienstag wurde sie in das Krankenhaus gebracht, wo der Arzt, der Justine behandeln sollte, sich ein eigenes Bild verschaffen wollte. Inzwischen hatte sich der größte Teil der Familie versammelt; zwei ihrer Schwestern aus Louisville – Irene und Eve –, ihr Bruder Peter mit seinen Kindern und ihre drei Söhne. Am Dienstag sah ich Justine und ihren Mann Herman zum ersten Mal. Ich fuhr mit allem Gerät für eine Abendmahlsfeier ins Krankenhaus. Die Luft legte sich angesichts der Aufgabe schwer auf meine Brust, und ich fragte mich ernstlich, ob meine Kraft ausreichen würde.

Im ersten Kapitel des Johannesevangeliums, im letzten Vers, gibt Jesus seinen Jüngern eine Verheißung. Es ist eine Verheißung, zu deren Interpretation man offenbar das Alte Testament hinzuziehen muß und die daher ihre Form und ihre Wirklichkeit aus der Vergangenheit bezieht. Und obwohl sich Verheißungen normalerweise auf die Zukunft richten, erscheint diese so rückwärts gerichtet, daß ihre Zukunft für mich unscharf bleibt. Aus eigener Kraft könnte ich nicht erfassen, was Christus hier anbietet.

„Du wirst noch Größeres sehen", sagt Jesus. „Amen, Amen, ich sage euch: Ihr werdet den Himmel geöffnet und die Engel Gottes auf- und niedersteigen sehen über dem Menschensohn."

Das ist eine wunderbare Voraussage. Sie enthält das Echo von Jakobs Bethel-Erlebnis. Und weil sie den Menschensohn unten auf den Boden stellt, während – wie wir uns erinnern – die Gegenwart Gottes sich an der Spitze der Leiter der Boten befand, scheint es sich um eine charakterisierende Verheißung zu handeln. Eine, die sich ausschließlich auf Jesus richtet, die ihn kennzeichnet und die uns zur Unterweisung gegeben wird; keine, die uns als tatsächlichen Nutznießern dieser Verheißung gegeben wird. Sie scheint zu sagen: „Daran werdet ihr erkennen" und nicht: „Ihr selbst werdet empfangen." Somit scheint es sich um eine Art geschlossenen Kreis der Verheißung zwischen dem Vater und dem Erstgeborenen zu handeln, bei dem wir nur zusehen dürfen. Das ist alles. Das Bild der auf-

und niedersteigenden Engel ist so symbolisch, so sehr eine rückwärts gewandte Anspielung, daß ich mir seine Erfüllung in meiner eigenen Erfahrung und in meiner Zukunft nicht vorstellen könnte. Es könnte eine Lehre von mir sein. Aber könnte ich das jemals tatsächlich erwarten, daß meine Augen dies sehen werden?

Also, dachte ich mir, gehe nicht wie Nikodemus mit diesen Worten um, indem du fleischlich auslegen willst, was der Herr geistlich gemeint hat. Damit machst du dich nur zum Narren und offenbarst zudem einen furchtbaren Mangel an Einsicht.

Doch zweimal spricht der Herr vom „Sehen", nachdem er eine nachdrückliche Bekundung des Sehens geliefert hatte. Er „sah" Natanael unter dem Feigenbaum, und er „sah" den aufrechten Charakter dieses Israeliten; mit geistlichen Augen, gewiß, aber auch mit fleischlichen, greifbaren Gegenständen für seine natürlichen Augen. Solches „Sehen" war der Erfahrung nicht fremd. Sondern es sah, und dann sah es das wahre Wesen der Erfahrung tiefer. Somit war die geistliche Einsicht nichts anderes als das fleischliche Sehen, sondern ein tieferes Durchdringen, eine Deutung des Sehens!

Warum konnte ich dann nicht damit rechnen, diese Engel zu „sehen"? Wenn schon nicht in meiner Erfahrung, so doch *dahinter*? Ah, aber wie, wie – mit einer so vagen Verheißung?

Freilich sind die Verheißungen des Herrn im Johannesevangelium niemals auf die leichte Schulter zu nehmen. Genausowenig, wie sie in lediglich unterweisender oder lehrhafter Weise gegeben werden, sozusagen als etwas, das gelernt werden muß.

Verheißt er den Heiligen Geist? Dann gibt er den Heiligen Geist durch die Erscheinung des Auferstandenen, dadurch, daß er die Jünger anhaucht und sie ganz greifbar *verändert*. Ein geistliches Ereignis, gewiß! Aber nicht eines, das für fleischliche Augen unsichtbar wäre.

Verheißt er einen Frieden, der anders ist als der Friede der Welt? Nun, während derselben Erscheinung löst er sein Versprechen ein und schenkt ihnen diesen Frieden.

Ebenso mit der Freude.

Ebenso mit der Verheißung: „Ich komme zu euch."

Im Johannesevangelium finden Verheißungen ihre Erfüllung und geraten *nicht* in Vergessenheit. Hier ist diese Erfüllung umfassend (nicht nur zwischen dem Vater und dem Sohn, sie schließt auch die Jünger ein) und von verändernder Realität (und nicht nur zu einer Lehre vergeistlicht).

Aber: Was hatte das mit mir zu tun? Und wie würde ich die Engel zu Gesicht bekommen?

Ein Freund von mir half mir. Er wies mich auf ein mögliches Echo dieser ersten Verheißung Jesu hin, das demselben Muster der Erfüllung einer Verheißung folgte, wie ich es eben angedeutet habe, denn es kam nach der Auferstehung, es war umfassend, und es war ein fleischlicher Anblick auf dem Weg zu einer geistlichen Einsicht. Und als ich diese Erfüllung einer Verheißung betrachtete, fand ich nicht nur die rückwärts gewandten Anspielungen auf Jakob, sondern auch die erfahrbaren Wirklichkeiten, die ich selbst kannte und in Zukunft kennen konnte. Ich sah die greifbaren Dinge des Sehens, alltägliche Einzelheiten, durch die ich dank der Gnade Gottes vielleicht irgendwann Engel würde „sehen“ können!

Mein Freund wies mich auf das hin, was Maria Magdalena sah, aber noch nicht *durch*blicken konnte:

„Maria aber stand draußen vor dem Grab und weinte. Während sei weinte, beugte sie sich in die Grabkammer hinein. Da sah sie zwei Engel in weißen Gewändern sitzen, den einen dort, wo der Kopf, den anderen dort, wo die Füße des Leichnams Jesu gelegen hatten.“

Auf- und Niedersteigen über dem Menschensohn.

„Die Engel sagten zu ihr: Frau, warum weinst du? Sie antwortete ihnen: Man hat meinen Herrn weggenommen, und ich weiß nicht, wohin man ihn gelegt hat.“

Keine Erkenntnis bis dahin, daß dies Engel sind. Nein, die kommt erst, als Jesus selbst sie beim Namen ruft und das Sehen sich in Einsicht verwandelt, das Fleisch *durch* das Fleisch zur geistlichen Wahrheit durchdringt, der Tod zur Auferstehung, die Verzweiflung zur Freude.

Aber geht es Ihnen auch so wie mir? Während mir Jakobs Erfahrung fast vollkommen fremd bleibt, kann ich die Erfahrung von Maria Magdalena ganz ohne Probleme nachvollziehen! Und obwohl ich niemals mit meinem Kopf auf einem Stein geschlafen habe, habe ich doch, lieber Herr, Du weißt es, an Orten des Todes gestanden, bin von Trauer zerrissen gewesen, geblendet worden, vom Verlust zerbrochen. Das alles kenne ich bis ins Mark.

Verstehen Sie, die Verheißung bekleidet sich mit dem Fleisch – und das muß sie tun, bevor sie mir ihre Wahrheit, ihren Geist offenbaren kann. Erst dann findet sie auch in *meiner* Zukunft einen Brennpunkt. Oh, Maria Magdalena, du bist meine Schwester. Ich weiß, wo ich suchen muß!

Mein lieber Freund, der du mir so geholfen hast, ich habe dir etwas Gutes zu berichten.

Ich habe die Engel gesehen, wenn auch nicht am Kopfende und am Fußende, sondern auf der linken und der rechten Seite. Ich habe sie gesehen, und danach habe ich sie tiefer „gesehen", und ich bin gesegnet worden.

Justine wälzte sich unruhig in ihrem Krankenhausbett hin und her. Immer wieder zog sie die Knie an und stieß sie dann wieder von sich, als würde ihr die erste Bewegung einen scharfen Schmerz bereiten. Natürlich gab es dadurch Schwierigkeiten mit dem Katheter und der Infusionsnadel. Justine hatte Schmerzen.

Sie wirkte abgezehrt. Die Haut war an ihren Schläfen eingesunken, ihre Zähne zeichneten sich unter den Wangen ab. Ihre Augen waren von einem milchig trüben Sekret verschleiert. Nein! Nein! Sarah hatte die Lage besser erkannt als alle anderen: Justine lag im Sterben.

Bram sagte: „Na, wie sieht sie aus?" Ein heiteres, heldenhaftes Opfer. „Ist das nicht ein Prachtmädchen? Oh, sie ist eine Kämpferin, kein Zweifel."

Eve, die jüngste der Geschwister, war den Tränen nahe. Sie stand über das Bett gebeugt und versuchte, sich Justine gegenüber verständlich zu machen. „Ich versuche nur, dir zu helfen", sagte sie. „Du weißt, daß ich dich liebe."

Denn Justine hatte zu ihr gesagt: „Nerv' mich nicht, Mädchen!"

Aber das Mädchen nervte sie.

Ihr Mann lächelte, als er auf mich zukam, erinnerte mich an eine Predigt, die ich vor tausend Jahren gehalten hatte. Er benahm sich wie ein großzügiger Gastgeber in seinem Wohnzimmer. Er war unrasiert. Seltsamerweise – immerhin kannten wir uns kaum –

umarmte er mich lange. Aber er lächelte wieder, als er mich losließ. „Möchten Sie einen Kaffee?“ fragte er.

Sarah saß schweigend dabei.

Ich sagte ihnen, daß ich alles für eine Abendmahlsfeier mit Justine mitgebracht hatte. Ob ich es ihr jetzt geben dürfe?

Sarah sagte zu Herman: „Würde es dir etwas ausmachen?“

Herman blinzelte sie mit verständnisloser Überraschung an.

„Nein“, flüsterte er und ging hinaus, obwohl er doch der Ehemann war.

Erst später erfuhr ich, daß er der Meinung gewesen war, Sarah hätte ihn gebeten, hinauszugehen, und daß er später gefragt hatte: „Warum war ich dabei nicht erwünscht? Was ist los mit mir?“ Aber das hatte Sarah überhaupt nicht sagen wollen.

Die Luft lastete schwer auf der Brust eines jeden einzelnen. Den Gesunden fiel es entsetzlich schwer, auch nur miteinander zu sprechen, hatte doch die Krankheit ihre Welt vollkommen verändert.

Ob Justine mich verstehen konnte oder nicht – ich sprach jedenfalls zu ihr, als ob sie es könnte. Ich erklärte ihr, daß mit diesem winzigen, in Wein getauchten Stück Brot, das ich auf ihre Zunge legen würde, Jesus in sie hineinkommen würde, um ihr Kraft, Glauben und Trost zu schenken. Ich sagte, sie könne im stillen mit mir beten. Und dann betete ich.

Neben ihrem Bett kniend, während sie sich hin und her wälzte und die anderen sich mit der Frage quälten, ob sie sich still verhalten sollten, sprach ich die Worte der Einsetzung. Sagte „Dank“ und brach das Brot, befeuchtete es mit Wein, stützte ihren armen Kopf und legte diesen Krumen des Leibes auf ihre Zunge.

Plötzlich wurde sie still.

Ich war so dankbar, um sofort tief bekümmert zu sein.

Denn was tat sie? Sie fühlte nach, was da in ihren Mund eingedrungen war. Und dann rollte sie mit ihrer Zunge immer herum und kratzte sich das klebrige Brot von ihren Zähnen. Aber sie hatte nicht die Kraft, es auszuspeien. Sie wollte es nicht!

Niedergeschlagen erklärte ich der Familie (aber was wußte ich schon von den Mysterien?), sie habe, auch wenn sie nicht geschluckt habe, vom Abendmahl des Herrn gegessen. Und dann fuhr ich ihr traurig mit dem Zeigefinger durch den Mund und holte das Stück wieder heraus. Es klebte an meiner Haut, und was sollte ich jetzt damit machen? Es in den Ausguß spülen? Es war der Leib des Herrn. Es selbst essen?

Die Luft lastete schwer auf uns allen. Welch eine Situation! Der Tod verdammt all unsere gesunden Gewohnheiten.

„Auuuh", stöhnte Justine, und da war Herman wieder.

Er legte sein Ohr an ihren Mund. Er verstand, daß sie durstig war. Und dann bewirkte dieser Mann, der sich und seine Trauer hinter einem Lächeln versteckte, ein Abendmahl, wo meines so wirkungslos erschienen war.

Er saugte Wasser durch einen Strohhalm. Dann küßte er seine Frau. Sie hielt still. Das war ein heiliger Kuß, denn er fütterte sie mit dem Wasser, und sie trank es.

Und nun zerbrach sein Lächeln.

„Können Sie nichts für sie tun", beschwor er die Schwestern. „Sie hat Schmerzen! Sie hat entsetzliche Schmerzen!"

Sie gaben ihr Morphium.

Die arme Frau entspannte sich.

Am Mittwoch gab es Momente, in denen sie die Augen öffnen und klar sprechen konnte. Alle freuten sich über diese Momente und berichteten einander Wort für Wort. Sie quetschten jeden Tropfen Hoffnung heraus, der überhaupt nicht darin war. Ich kam, um zu beten, und hörte während des Besuchs von Justines außergewöhnlichen Fortschritten. „Sie hat letzte Nacht geschlafen!" „Mein Mädchen ist eine Kämpferin! Sie erholt sich noch einmal. Können Sie das glauben? Sie hat gesagt: ‚Nerv mich nicht, Papa!' Sie hat gesagt: ‚Wenn du mich noch einmal küßt, schlage ich dich.' Also, ich höre auf sie, genau wie Sie sagten." „Sie möchte ihre Fingernägel manikürt haben." Das war Eve. „Meint ihr nicht, wir sollten ihr die Nägel maniküren? Sie war immer so stolz darauf, wie ihre Hände aussahen."

Ob sie meine Gebete hörte – ich weiß es nicht.

Ob sie den Segen annahm, den meine Hände auf ihre Stirn legten – ich weiß es nicht. Wozu war ich überhaupt hier? Ich wußte es nicht.

Spät, spät am Donnerstagabend – nein, um zwei Uhr am Freitagmorgen – starb Justine.

Den ganzen Donnerstag über lag sie mit offenen Augen im Koma.

Sie müssen es mir glauben! Als ich an jenem Abend zu ihr kam, war sie schön. Ihre Augen und Pupillen waren klar, wenn sie auch nichts von dem sahen, was wir sahen. Die tiefbraune Haut schmiegte sich an ihr Gesicht, und mit ihrem leicht geöffneten Mund, so als wolle sie gerade etwas sagen, sah sie wahrhaftig aus wie eine Heilige der frühen Kirche; bekümmert über einen verräterischen Schmerz, doch heilig und überirdisch in ihrem Frieden.

Sie war so dünn; wie dürre Zweige, die unter der Bettdecke angeordnet waren. Daß sie atmete, merkte ich nur an einem leichten Pulsieren unter ihrem Kiefer.

Sarah saß auf einem Stuhl zu ihrer Linken. Irgend etwas stimmte nicht. Das Schweigen der Frau war zornig, und ihre Lippen waren zusammengekniffen.

Auch Bram schwieg jetzt – er stand mit dem Rücken an die Wand gelehnt. Er konnte nicht sitzen. Und Herman kam und ging unentwegt. Peter saß im Aufenthaltsraum und brütete über irgendwelchen Zahlen, den Kopfhörer eines Walkmans über den Ohren. Er erzählte mir, was nicht stimmte. Während Sarah am Nachmittag ein paar Minuten geschlafen hatte, war Eve der Bitte gefolgt, die sie Justine hatte aussprechen hören; sie hatte eine Maniküre in das Krankenzimmer gebeten, und die war mit Justines Nägeln erst halb fertig gewesen, als Sarah zurückkam. Sarah war nicht sonderlich erfreut über die Anwesenheit einer Fremden in dieser Situation. Darum stand in diesem schrecklichen Moment zwischen Sarah und ihrer jüngsten Tochter eine Mauer, und das Schweigen tat ihnen beiden weh. Dabei war nur noch so wenig Zeit.

Schwierigkeit! Lieber Herr, die Luft war davon geradezu steinhart. Und was sollte ich tun? Wie sollte ich die Tore zwischen ihnen öffnen? Und du, Gott – wo warst du!

Als ich nach elf Uhr in ihr Zimmer zurückkehrte, lag Justine inmitten des Lichtkegels einer kleinen Lampe. Rechts und links von ihr, in einigem Abstand, waren ihr Vater und ihre Mutter, er an der Wand, sie auf einem Stuhl neben dem Vorhang. Links und rechts von ihr, auf den Bettkanten, saßen ihre Schwestern Irene und Eve – und die schlanken Finger ihrer Hände mit dem tiefen Rot ihrer langen Nägel waren von unaussprechlicher Schönheit. Ich stand am Fuß des Bettes, leer und unfähig.

Aber was machten die Schwestern.

Eve hatte ein leinenes Taschentuch, mit dem sie die Spitzen von Justines Fingernägeln rieb, immer wieder. Und ich dachte: Was für eine Betreuung! Das Mädchen *dient* dem irdischen Bedürfnis seiner Schwester, macht sie selbst jetzt noch schön. Was mußte das für ein Gefühl für Justine sein, was für ein Trost, zu wissen, daß jemand sich um diese Sehnsucht kümmerte, wo sie sich sonst so häßlich vorkommen mochte! Sie hält ihre Hand und dient ihr gleichzeitig dadurch mit einer außergewöhnlichen Liebe.

Und Irene redete – obwohl es ihr gleichgültig zu sein schien, ob jemand sie hörte oder nicht. Leise, kehlig, absolut zuversichtlich sprach Irene von ihrem Glauben.

„Ich weiß", sagte sie, „daß Jesus hier ist. Ich weiß, daß er dich nicht hat fallenlassen, Justine. Ich kenne die unaufhörliche, geduldige Liebe des Heilands zu dir, denn ich habe sie in mir selbst gespürt..." Fast zwanzig Minuten lang sang Irene immer weiter in das Ohr der Sterbenden, ohne auch nur einmal zu schluchzen, ohne daß ihr auch nur einmal die Stimme versagte, vollkommen zuversichtlich.

Und mir blieb der Mund offen stehen.

Dies waren die Engel! *Dies* waren die Diener des Herrn, die eine, die sich um ein irdisches Bedürfnis kümmerte, die andere um ein himmlisches; beide wurden, ohne es zu wissen, von der Gegenwart des Allmächtigen bewegt, als sie zu beiden Seiten neben dem Grab zwischen ihnen saßen, das bald leer sein würde. Ich beugte mich weit, weit vor, um nichts von dem zu verpassen, was der Herr tat; auch kein Wort der Liebe aus Irenes Mund. Und bald fing ich an zu weinen – aber vor Freude. Er war nicht abwesend. Er war hier, in diesen beiden. Ich sah sie niedergeschmettert vor Trauer über den Verlust. Doch durch sie hindurch sah ich die Boten Gottes auf und nieder steigen und hörte die Engel zur Auferstehung hin.

„Du wirst noch Größeres sehen..."

Ich habe die Liebe Gottes bei der Arbeit gesehen: „Rabbuni!" Ich habe den Herrn gesehen.

Es will viel heißen, wenn ich sage, daß damit die Schwere des Todes aus der Luft verschwand und ich frei wurde, weil ich nicht mehr allein war.

Frei und mit Vollmacht ausgestattet, mit der Erlaubnis zu handeln.

Später, als ich im Aufenthaltsraum saß, kam Eve hilflos schluchzend herein. Jetzt war sie kein herabsteigender Engel mehr, sondern einfach eine sehr traurige Tochter. Ich kniete vor ihr und ließ sie ihre Not über eine Mutter aussprechen, die sie verstoßen zu haben schien – die Mauern des schmerzlichen Gefühls angesichts des Todes.

Dann, bald darauf, ging ich zurück in das Zimmer, wo Justine lag, und begann, mich mit Sarah zu unterhalten.

„Wie geht es Ihnen?"

„Ich schaffe es schon", sagte sie.

Ich sprach weiter. „Das ist für alle hier eine ziemliche Belastung, nicht wahr?"

„Ja", stimmte sie zu.

„Und wie leicht vergißt man wegen der Toten die Lebendigen."

„Ja."

„Sarah, ich glaube, daß Eve im Moment ziemlich fertig ist."

Leise: „Ja!"

„Weil Sie jetzt die Kraft in sich haben, wollen Sie nicht nach einer Gelegenheit Ausschau halten, Ihrer Tochter etwas Zeit und Liebe zu widmen? Sie kommt sich im Augenblick sehr verloren vor und vielleicht einsamer als Sie. Sie braucht ihre Mutter."

Und dann passierte wahrhaftig folgendes.

Noch während wir dort standen und uns unterhielten, kamen Bram und Eve den dunklen Flur herab. Bram schwatzte über die Arbeiten für die Nacht, doch Sarah ging sofort auf ihre Tochter zu, hüllte sie in die Umarmung einer Mutter und drückte sie eng, eng an sich – und keine von beiden war mehr allein.

Bram ahnte nicht, was für ein Wunder da eben geschah. Er redete immer noch von den Arbeiten. Also nahm ich ihn bei der Hand und führte ihn von den beiden weg, als wäre er ein Kind. Und er kam mit mir. Ich weiß, das war gewagt. Aber ich konnte das jetzt ganz gelassen tun, weil ich wußte – wußte, weil ich es mit meinen geistlichen Augen gesehen hatte –, daß Gott an diesem Ort anwesend war.

Denn war mir nicht verheißen worden, daß unten am Fuß der Leiter, in diesen Umständen, in den Tränen des Todes, der Menschensohn sein würde?

Der Leib Christi – befreit!

Während des größten Teils der Fahrt nach Westen, immer weiter nach Westen und schließlich nach Süden war unser Bus von Lärm erfüllt. Schließlich waren wir ein Chor, wir waren jung und fieberten zehn Konzerten an zehn Tagen entgegen. Die Zeit im Bus war Zeit zum Ventilieren; wir ließen gemeinsam Dampf ab.

Aber nun war es still im Bus. Wir waren nachdenklich.

Insgesamt gehörten vierunddreißig Leute zum Chor, eine bunte Mischung aller Berufe, aller Schichten, Hautfarben und Charaktere – obwohl wir alle aus derselben Innenstadtgemeinde kamen und demselben Herrn gehörten. Einige wurden lyrisch angesichts des Sonnenuntergangs in Kansas, andere ignorierten ihn und sangen Liebeslieder im Falsett. Einigen blieb angesichts der Rocky Mountains und ihres strahlenden Weiß die Luft weg; andere starrten auf die Temperaturskala des Busses; besorgt, der Motor könnte sich auf der siebenprozentigen Steigung überhitzen. Einige aßen, einige schliefen, einige spielten Uno und lachten. Die Kinder machten ihre Hausaufgaben, während andere von nichts Notiz nahmen.

Doch ungeachtet all unserer unterschiedlichen Gedanken hatten wir alle ein und dasselbe Ziel: Durch vier Staaten und acht Städte trugen wir den Heiligen Gott auf unseren Lippen, seine Liebe in unseren Stimmen – die „Sounds of Grace“, die ihre Dankbarkeit sangen.

Nur jetzt, am Nachmittag des Erntedanktages, vereinten sich all unsere Stimmungen zu einer Stimmung, und wir blickten verbissen nach vorn. Angespannt, schweigend und unsicher. Die Liebeslieder waren verstummt. Die Falsettkehlen waren zugeschnürt. Am Abend sollten wir im Frauenzuchthaus von Colorado singen.

Heilig, heilig, heilig. Wer hatte uns das eingebrockt?

„Keine Taschenmesser, keine Streichhölzer, keinerlei Metallgegenstände!"

So wurden wir von einem gewissen John Beltz angewiesen, einem Einlaßbeamten, der in den Bus gestiegen war, um uns aus Canon City herauszuleiten und dann unseren Zugang zu ermöglichen.

„Keine Handtaschen, keine Nagelfeilen und keine Filme, denn daraus können sie Bomben machen."

Bomben?

„Was für Kriminelle sitzen denn hier?"

„Alle Sorten", sagte John unbekümmert. Offenbar hatte er sich an diese Art Menschen längst gewöhnt. „Die meisten haben geringfügige Vergehen begangen, wie Kreditkartenbetrug oder Prostitution. Aber es gibt auch Mörderinnen hier. Infantizid, wie man so sagt. Aber machen Sie sich keine Sorgen. Leute, die im Affekt töten, werden im Gefängnis ganz still."

Aber...

Aber wir würden Fremde in einem fremden, bedrückenden Käfig sein. Wir schluckten krampfhaft. Und wir machten uns Sorgen.

Heilig, heilig! Heimzahlen werden wir es dem, der uns das eingebrockt hat.

Ohne auch nur eine Hand zu sehen, die sie bewegten, glitten die Riegel des vorderen Tors auf. Einen Flur hinab, an einem verglasten Kontrollzentrum vorbei (Schußwaffen dort?) und dann in einen Warteraum mit Tischen und Stühlen, bunt dekoriert wie ein Restaurant. Hier trafen wir die Vorsteherin, eine Frau in Zivil, lächelnd, respektgebietend, beherrscht.

„Die Mädchen haben die freie Wahl, ob sie Ihnen zuhören wollen oder nicht. Wie es ihnen Spaß macht. Stellen Sie sich bitte nach Männern und Frauen getrennt in zwei Reihen auf. Heben Sie bitte Ihre Arme. Danke!"

Einer nach dem anderen, Männer und Frauen, wurden wir abgeklopft, während wir die Arme wie Hühnerflügel von uns streckten: Achselhöhlen, Taillen, Rücken und Bauch, Schritt und

Beine. Ich war der erste Mann, der durchsucht wurde. Die erste Frau trat vor und schüttelte sich, als hätte sie gerade einen rohen, lebendigen Fisch verschluckt. „Ohhh! Das war schrecklich!"

Wieder einen Flur entlang, neonbeleuchtet, diesmal an Grüppchen von Frauen mit Zigaretten zwischen den Lippen vorbei, von denen nur sehr wenige unser Lächeln erwiderten. (Heilig, heilig!) Sie trugen Pantoffeln oder gingen barfuß (wie es ihnen Spaß machte?), Unterhemden, oder bestenfalls Jeans und ein Flanellhemd. Wir strengten uns an, uns geschäftsmäßig zu geben. „Wir haben einen guten Grund, hier zu sein." Aber wir konnten das alberne Lächeln nicht von unseren Gesichter verbannen. Und wir schluckten krampfhaft.

Das Auditorium war ein großer Raum mit Betonwänden, in dem jedes Geräusch so lebendig und rein wie eine Gitarrensaite klang. Klappstühle, ein Pool-Billard-Tisch, eine riesige Holzkiste (in der das Klavier eingeschlossen war) und eine kleine Kindergartenbühne.

Hollis begann den Verstärker für seinen Baß aufzubauen.

Brenda klimperte auf dem befreiten Klavier.

Ein wenig Kichern, ein wenig Humor machten sich breit.

Cheryl rief, lauter als sie beabsichtigt hatte, den Chor zur Aufstellung und Probe auf der kleinen Bühne zusammen.

Wer würde uns zuhören? Und die uns zuhörten – was würden sie sich daraus machen? Würden sie uns verspotten? Unsere ernsthafte Darbietung offen verhöhnen?

Nun, wir waren frei, zu kommen und zu gehen. Sie nicht. Das ist ein belastendes Wissen. Wir waren weich wie der Bauch der Zivilisation. Die hier waren hart, abgebrüht und erfahren. Sie gingen wie Männer und fluchten wie Söldner. Ja! Sie konnten aus Film Bomben machen – und Pistolenkugeln aus Klopapier, soweit wir es beurteilen konnten.

Cheryl hob ihre Arme vor unserem gemischtfarbigen Chor, um ein Lied zu proben und die Akustik des Raumes zu testen. Hollis schlug einen Akkord an.

Und dann begann das krasse Wunder.

Schlampig war unser Gesang zuerst, aber sehr flott und rhythmisch durch unser Klatschen. Nervosität ist ein hervorragender

Anfeuerer. „Gut!“ rief Cheryl, als die Stimmen zusammenkamen. „Gut!“

Sie merkte kaum, wie hinter ihr die ersten Frauen hereinkamen, deren harte Augen neugierig geworden waren – aber Hollis sah es. Als die fünfte oder sechste Gruppe hereingekommen war, lächelte der heißblütige schwarze Hollis, wie er es in der Kirche nie getan hatte, und seine Gitarre hatte eine neue Sicherheit gefunden, einen neuen Rhythmus, der mit dem Unheiligen flirtete. Heilig, heilig!

Die Zeit für das Konzert war noch gar nicht gekommen, und wir waren noch nicht vorgestellt worden – weder durch eine Ansage noch durch Musik. Und was wir jetzt sangen, war *nicht* unser Programm. Doch die Frauen kamen herein und applaudierten nach dem Übungsstück, so daß Cheryl den Faden verlor. Aus Gewohnheit leitete sie den Chor zum nächsten Übungsstück: „Soon and very soon, we are going to meet the king.“ Oh, der Chor wiegte sich heftig und rasch gegen den Rhythmus, und Timmy vergaß sich fast beim Solo, und die Frauen lachten über unsere Begeisterung, und – kaum zu glauben – das Lied selbst packte uns ganz und gar! Die Nervosität verließ uns, und auch wir begannen beim Singen zu lachen, als läge irgendein gewaltiger Witz in der Luft. Wir waren dankbar für die Freiheit in unseren Kehlen, und zum ersten Mal sahen wir einander an, nickten einander zu, klatschten uns gegenseitig auf die Hände und sangen aus voller Kehle! Und die Frauen fingen an zu klatschen. Einige von ihnen tanzten mit zu Boden gewandten Gesichtern und hängenden Schultern, und ständig kamen neue hinzu, bis der Saal voll war, und irgendwann – wann, merkte niemand so genau – verwandelte sich die Probe in ein richtiges Konzert. Aber ohne alle Steifheit und Befangenheit. Denn wir waren frei! Verstehen Sie? Frei von den Schranken der Etikette, frei von unseren Ängsten, frei, um wirklich, wahrhaftig eins mit diesen Frauen zu werden, frei (Herr, was für eine Entdeckung!) im Gefängnis.

Lied für Lied standen die Frauen auf und schlugen ihre Handflächen rhythmisch aneinander. Und manchmal weinten sie. Timmy bringt das fertig. An einer Stelle reichte sich der ganze Saal, Chor und Kriminelle, die Hände, hob die Hände und wiegte sich und sang: „Oh, How I Love Jesus“.

Mein Gott, wie du Riegel zerbrechen kannst! Wie du Türen aufstößt, die uns einsperren und trennen! Das ist die Wahrheit, denn ich habe es mit eigenen Augen gesehen, und mein Herz hat darüber gejubelt: Du bist so mächtig in deiner Barmherzigkeit.

Das letzte Lied, das gesungen wurde, kam nicht von uns. Etwa dreizehn Frauen forderten uns auf, uns zu setzen, während sie die Bühne übernahmen. Dann, mit zitternden Stimmen und in nasalem Spanisch, verlegen wie Schulmädchen, aber Arm in Arm, um sich gegenseitig zu unterstützen, sangen sie:

„De Coloris! De Coloris! Die Sonne verschenkt ihre Schätze, Gottes Licht für die Kinder ... Und so muß alle Liebe in allen hellen Farben sein, um mein Herz zum Weinen zu bringen."

Sie sangen, in Jeans und Unterhemd, heilig, so heilig: „Voller Freude! Wir werden in Gottes Freundschaft leben, weil er es so will, das innere Licht nach außen strömen lassen, die Gnade unseres Gottes, seine unendliche Liebe ..."

Sie sangen. Und wir antworteten: „Ja!" Und selbst die Berge sagten: „Amen!"

Spannende Erzählungen von Ursula Koch:

Hiob, mein Bruder

Begegnungen mit Katharina von Henot, Tilman Riemenschneider, Janusz Korczak, Fatimata und anderen

96 Seiten. ABCteam-Taschenbuch 2. Auflage
ISBN 3-7655-3448-x

Das Schicksal der acht Menschen, die in diesem Buch vorgestellt werden, geht unter die Haut. Jahrzehnte, Jahrhunderte trennen uns von den meisten dieser Männer und Frauen – und doch bringt Ursula Koch sie uns zwingend nahe:
Die junge Katharina von Henot wird in Köln als Hexe verbrannt. Dem feinsinnigen Bildhauer und Holzschnitzer Tilmann Riemenschneider brechen Folterknechte die Hände. Janusz Korczak begleitet seine Waisenhauskinder in die Gaskammern von Treblinka – oder Fatimata, die junge Afrikanerin unserer Tage. Sie wird verstoßen, weil sie ihrem Mann keine Kinder zur Welt bringt . . .

In ihrem Schreien nach Gott hören wir den Ruf nach brüderlicher Solidarität. Gemeinsam ist diesen Menschen aber auch, daß sie – ungeachtet allen menschlichen Leids – letztlich stärker sind als der Tod.

Wie eine Lilie unter Dornen

Begegnungen mit Hanna, Ruth, Bathseba und anderen

144 Seiten. ABCteam-Taschenbuch. 2. Auflage
ISBN 3-7655-3952-x

Was wissen wir wirklich über die Frauen des Alten Testaments? Über die wagemutige Ruth, die begehrenswerte Bathseba, über Hanna, was über Hagar oder Rizpa? Mit ihren gleichermaßen aufregend wie interessant geschriebenen überaus einfühlsam gestalteten Erzählungen nimmt Ursula Koch ihre Leser hinein in die Welt dieser Frauen aus so ferner Zeit. Und so bleiben sie nicht länger „Frauengestalten" der Bibel.
Wir erleben sie vielmehr als unsere Schwestern, begegnen ihnen in ihrer Welt und – wir verstehen sie –. Freuen wir uns darauf, diesen Frauen in ihrer Welt zu begegnen. Und – durchaus möglich, daß sie uns in diesen Begegnungen sehr nahe kommen, daß wir etwas von unserem eigenen Hoffen, Lieben und Leiden in ihrer so alten Geschichte wiederfinden.